KB125420

천만 명이 살아도
서울은 외롭다

어느 아웃사이더가 말하는
남과 다른 나를
사랑하는 법

신옥철 지음

천만 명이 살아도
서울은 외롭다

웅진 지식하우스

나를 키운 건
8할이 외로움이다

X

외로움은 나의 힘

contents

part x Three x 아웃사이더가 아웃라이어가 된다

part x Four x 소통이 어렵다고 포기하면 안 된다

part x Five x 존경하는 마음이 외로움을 이긴다

———————————— X ————————————

외로움의
시작은
어디였을까

내 이름은 아웃사이더.

직업은 가수. 내 삶을 노랫말과 가락으로 써내려가는 사람
이다.

가끔 지난 시절 내가 쓴 가사들을 꺼내볼 때가 있다. 왜 나는
그때 감정으로 돌아가고 싶은 걸까. 그 감정이 슬픔이건 기쁨이
건, 추억할 게 있다는 사실만으로도 나는 이미 가슴이 벅차다.
이것이 내가 하는 일, 즉 내 삶을 기록하고 노래하는 일이 내게
주는 가장 큰 행복이다. 죽을 만큼 아팠고 세상이 무너질 듯 슬
펐지만, 이미 그때 감정은 깎이고 깎여 추억이라는 이름으로 무

더져 있다.

　분명 감정이 무뎌졌다고 믿었건만, 가끔은 나조차도 인식 못하는 사이 눈시울이 붉어진다. 그러다 이내 눈물이 툭 떨어진다. 내 감정을 써내려갔던 가사가 마치 전혀 모르는 타인의 것처럼 낯설게 느껴지기 때문이다. 그때의 나는 지독하게 외롭고, 쓸쓸하고, 아팠었나 보다. 주제넘게도 현재의 나는 과거의 나를 위로하려 한다.

　이런 내 감정을 아무것도 꾸미지 않고 순수하게 기록해볼 순 없을까? 지나간 과거를 지금 이 순간과 싱싱한 상태로 이어줄 수 있게, 있는 그대로 기록하는 것이다. 기쁨, 행복, 열정, 희망, 질투, 분노, 후회, 연민, 환희라는 감정들. 그리고 그 무엇보다 나를 깊숙이 관통하는 외로움이라는 감정. 그 안에는 과거의 인연들과 나누었던 소중한 약속들, 그리고 매일같이 겪는 설레는 만남과 고통스러운 이별이 있다.

　간판이 38도쯤 삐뚤어지고 바닥에 흙먼지 자욱한 자갈이 깔린 허름한 실내 포장마차 안. 내 앞에는 여덟 번 헤어졌다 다시 만난 애인과 그날로 아홉 번째 이별을 했다는 동생 녀석이 슬픈 눈으로 앉아 있었다. 마침 가게 한쪽 구석의 낡은 스피커에서는 "매일 이별하며 살고 있구나"라는 김광석의 목소리가 흘러나왔다. 수도 없이 많이 들어서 이미 닳아버린 가사인 줄 알았지만, 그 순간의 그 노랫말은 분명 소주보다 더 차갑게 내 가슴을 적셨다.

　그때 나는 결심했다. 시간이라는 마술에 현혹되지 않는 진짜 내 감정을 찾아 나서기로. 누군가에게 시간은 아픔을 잊고 슬픔을 무디게 해주는 처방제가 될 수도 있겠지만, 나에게 시간은 습관처럼 피우고 곧 다시 찾게 되는 담배처럼 효력이 일시적이었다. 그래서 나는 시간이라는 약이 잘 듣지 않는, 시간의 강력하고 절대적인 힘에도 무뎌지지 않는, 가장 날카롭고 싸늘하고 차가운 감정인 '외로움'에 대해 이야기해보려 한다. 수없이 많이 들어도 여전히 아픈 김광석의 가사처럼.

　나는 1983년 세상에 태어났다. 청소년기에는 언론인이 되고자 하는 꿈을 꿨다. 2002년 대학 입시에 실패한 뒤 수년간 언더그라운드에서 무명 시절을 보냈다. 2009년 〈외톨이〉라는 노래로 여러 차트에서 1위를 석권하며 승승장구했지만, 갑작스러운 성대결절로 활동을 중단해야 했다. 강원도에서 현역 군복무를 마치고 돌아와서는 전 소속사와의 법적 공방 속에서 3년 만에 컴백 앨범을 발표했다. 그리고 2015년, 데뷔 11주년을 맞이해 정규 4집 앨범을 발표했다.

　나는 지금까지 걸어온 길보다 훨씬 더 먼 길을 걸어가야 한다. 삶의 매 순간마다 혹시나 인기가 떨어지지는 않을까, 언제 또 새 직업을 구해야 하나 전전긍긍하면서 말이다. 남들과 다를 것 없는 그저 평범한 30대 청년인 나는 한 번도 이런 고민에서 자유로웠던 적이 없었다. 당연히 매 순간이 외로웠다.

이제 나는 이런 크고 깊고 싱싱한 외로움을, 과거에도 있었고 미래에도 있을 이 외로움을 마음 가는 대로 기록해보려 한다. 당신과 나의 외로움이 온전히 마주하기를 바라면서. 그리고 세상에 나만이 아픈 게 아니라는 걸 깨닫게 해줄 또 다른 상처들과 소통하기를 갈망하면서.

해가 뜨고 지듯 외로움의 순간들은 매일같이 찾아온다. 그저 견디고 버텨내기에도 벅차지만, 다시 한 번 찢어질 듯 고통스러웠던 시간들을 내 마음으로 초대한다. 사그라진 감정들을 다시 억지로 끄집어내 되살려내는 이 억척스러운 행동에 무슨 의미가 있을지 두려워하면서도, 나는 포기하지 않고 나의 외로움을 기록한다.

그저 쓰고 지우는 게 아니라, 쓰고 또 쓰고 또 다시 쓴다. 그렇게 끊임없이 써내려가도 이 외로움이란 감정의 샘물은 마르지 않는다. 저 깊은 데서 길어 올린 차가운 샘물을 당신에게 한잔 권하고 싶다. 그동안 누구도 그 샘물의 시작점을 찾아 나선 적이 없었다. 그렇기에 순수하고 투명하고 원초적인 외로움이 그대로 남았다. 나는 그 외로움이 시작되는 지점을 홀연히 찾아 나선다.

외로움은 혼자라는 데서 시작하는 걸까? 아니면 누군가와 함께였다가 상실을 경험하며 태어나는 걸까? 외로움을 완전히 밀어내는 건 불가능하다. 때로는 진정한 나와는 다른 나를 만들어내고, 그 가면을 쓰고 살다 더 힘들어질 수도 있다. 어쩌면 인간의 가장 강력한 힘은 쓸쓸함일 수 있다. 그 힘을 알기에 기꺼이 나는 소유와 상실, 고독과 고독의 본질 간의 괴리 속에 뒤척이다 잠이 들고 또다시 깬다. 그 높이와 깊이를 알 수 없는 산등성이의 끝없는 굴곡을 끊임없이 오르내린다. 그러다 잠시 걸음을 멈추고 나의 외로움에게 인사를 건넨다.

part

X

One

X

기꺼이 외로워질
용기를 내자

홀로 남겨졌다면, 먼저 자기 자신의 다름을 인정하는 것이 가장 중요하다.

그리고 그 다름을 당연하고 당당하게 받아들이는 자세야말로

다름 속에서 같음을 찾을 수 있는 방법이라는 것을 깨달아야 한다.

01

우리 모두는
외톨이다

트위터, 페이스북, 인스타그램, 카카오스토리, 블로그, 싸이월
드 미니홈피, 그리고 이제는 사라져버린 미투데이까지…….

소통을 갈망하는 사람들 간의 연결 고리는 끊임없이 더 빠르
고 간편하게, 파급력과 파괴력을 키워가며 변한다. 나를 기록하
고, 너의 기록을 찾고, 우리의 기억을 잇고, 새로운 인연을 만드
는 무수한 연결들. 긴밀하고 손쉽게 서로의 감정과 근황을 실시
간으로 체크하고, 기록하고, 공유하고, 끊는다. 우리는 점점 자유
로워지지만, 동시에 불특정 다수가 되어간다. 자신의 감정을 알
기는 더욱더 어려워진다.

때로는 내가 기록한 이 감정이 순수한 내 감정 그대로인지, 아니면 타인의 시선을 의식해서 양념을 치거나 가공한 감정인지 분간이 안 간다. 어떨 때는 누군가가 보란 듯이 튀는 옷을 걸쳐 입은 쇼를 보는 것 같아 스스로가 거북하기까지 하다.

소통의 단절에서 오는 괴리감에서 벗어나기 위해, 우리는 간접적인 소통 수단을 발견하고 개발하고 활용하고 남용하고 있다. 그리고 숫자로 도식화된, 누군가 그 공간에 다녀간 흔적을 보면서 마치 그 숫자가 나의 재산이고, 위치이고, 힘이고, 가치인 양 뿌듯해한다. 방문자 수, 리트윗 수, 좋아요 수, 조회 수, 스크랩 수 등. 하지만 짧고, 멋들어지고, 인위적으로 가공된 감정의 기록들은 종종 타인, 혹은 스스로에게 예상치 못했던 혼란스러운 감정을 불러일으킨다. 외로움을 감추려던 노력이 더 큰 외로움을 낳는 것이다.

아이러니하게도 이런 감정적 혼란 상태를 벗어날 수 있는 방법은 더욱더 간편하다. 우리에겐 '삭제' 버튼이 있기 때문이다. 그렇게 모조리 다 깨끗이 지우고, 원점으로 돌아가 다시 시작한다. 애초부터 아무런 과거가 없었던 것처럼, 어떤 실수나 오점도 없었던 것처럼. 얼마나 쉬운가. 마음에 들지 않으면 모두 지우고 다시 처음부터 써내려가면 된다. 그러면 자신의 의지를 떠난 후회스러운 말과 행동, 감정의 어긋남이 마치 처음부터 존재하지 않았던 것처럼 간편하게 정리된다.

　　실제와는 다른 가상의 이미지로 둔갑한 나, 너, 그리고 우리의 관계가 또 다른 단절을 낳고 있는 것이 현실이다. 직접적인 관계의 상실이 쉽게 쓰고 지우고 만들고 버릴 수 있는 허무한 관계라는 괴물을 낳았다. 그리고 이 괴물은 직업과 나이, 지위와 성별을 막론하고 이 시스템을 경험하고 활용하는 모두에게 부작용을 불러일으킨다. 특히 이 공간에서 더 많은 사람들에게 노출되어 있는 연예인이나 유명 인사들에게 나타나는 부작용은 더욱 크다. 게다가 이러한 부작용들은 대중에게 그대로 공개되기까지 한다.

　　그래서 나는 SNS를 잘 활용하지 못한다. 감정 조절에 서투른 사람이라서, 어긋남이 두려워서, 나의 흔적뿐 아니라 수많은 타인과 나눈 감정의 크고 작은 기록들이 낳는 뜻하지 않은 결과를 감당하기가 두려워서, 그리고 행여나 어설픈 소통에 대한 갈망이 더 큰 단절과 괴리를 불러올까 봐. 그래서 나의 SNS는 쌍방향 소통이 아닌, 그저 내 감정을 일방적으로 타인에게 보여주는 박제된 기록들에 불과하다. 강박관념을 가진 내 머릿속처럼 나 자신이 정해놓은 분류 기준에 따라 질서정연하게 정리해놓은 감정들의 기록일 뿐이다.

　　생각해보면 우리는 얼마나 많은 '척' 속에서 살아가고 있는가. 있는 척, 가진 척, 착한 척, 예쁜 척, 잘생긴 척, 강한 척, 깨끗한 척. 그 밖에도 세상에 존재하는 수많은 척, 척, 척들. 그 속에서 자신의 진짜 모습은 감춘 채, 남에게 보이고 싶어 하는 모습으로 둔갑해서 살아가다, 결국 진짜 모습마저 잃어버린다.

묻고 싶다. 친구, 혹은 직장 동료나 선후배, 마음에 드는 이성을 만났을 때, 당신이 그들에게 하는 이야기에는 얼마만큼의 진심이 담겨 있는가. 당신은 자신의 진심이 무엇인가에 대해 스스로와 얼마나 대화를 나누어봤는가. 우리가 나누는 대화는 고작이런 것들이다. 무엇을 좋아하는지, 직업은 무엇이고 쉬는 날엔주로 뭘 하는지, 스포츠를 좋아하는지, 혹은 책을 읽거나 영화를보거나 조용한 길을 산책하며 사색하는 것을 즐기는지, 몇 평짜리 집에 살고 있으며 어떤 차를 끌고 다니는지, 겨울엔 따뜻한동남아시아로 해외여행을 가거나 언젠가는 마음 맞는 사람들과 프랑스 보르도 지역으로 와이너리 투어를 갈 계획이 있는지.

이런 이야기로 몇 시간을 보낼 수도 있다. 하지만 과연 우리가타인과 이런 대화밖에 나눌 수 없는 존재인 걸까. 사소하지만 자기 자신에게 일어나고 있는 아주 중요하고 본질적인 문제들을나누고, 그 문제를 해결하는 데 도움을 주는 조언을 듣고, 혹은그저 들어주는 것만으로 힘이 되는 존재들을 만나 위로를 받는것에 왜 도전하지 않는가.

세상에는 우리가 경험해보지 못한 크고 작은 수많은 가치들이 있다. 그리고 우리는 모두 그 세상의 일부로서, 소중하고 위대한 삶의 가능성을 지니고 있다. 그런데 그 소중한 가치들을 자기 안에 지녔음에도 그러한 자신과도 진심 어린 소통을 하지 못한다면, 또 다른 누군가와는 어떻게 진실한 소통을 할 수 있을까.

그래서 천만 명이 살아도 서울은 외롭다. 아니, 60억이 살아도 지구는 외롭다. 타인과, 심지어 자기 자신과도 소통하지 못하는 우리는 모두 외톨이이다. 마치 광대 피에로처럼 겉으로는 웃고 있지만, 얼굴에 눈물을 그려 넣고는 슬픔을 가슴에 묻고, 슬프지 않은 척, 행복한 척 웃고 있을 뿐인 외톨이 말이다.

내 이름엔
외로움이
담겨 있다

이름처럼 난 아웃사이더였고, 외톨이였다. 2002년 나는 원하는 대학에 진학하지 못했다. 그저 얼마간 다니고 편입을 할 요량으로 서울에 있는 한 전문대 영어과에 입학했다. 원하던 대학, 원하던 과는 아니었지만, 12년간 입시 과정을 지나온 나는 여느 누구와 마찬가지로 난생처음 경험해보는 대학생활의 낭만에 푹 빠졌다.

전혀 다른 곳에서 전혀 다른 생각과 경험을 하며 살아온, 나와는 전혀 다른 친구들과 선배들과의 만남은 분명 즐거웠다. 하지만 그럼에도 나는 외롭고 힘겨운 시간을 보냈다. 그때 나를 힘들게 한 건 크게 두 가지였다. 언젠가 편입을 하려고 이 대학에 들어온 만큼 시간을 낭비하면 안 된다는 욕심과 그 와중에도 시간을 쪼개어 생활비를 마련해야 하는 형편. 이 두 가지 문제는 나에게 정신적으로나 시간적으로 커다란 부담을 주기에 충분했다.

그러다 보니 으레 껴야 할 무수히 많은 모임과 술자리에 빠지는 경우가 점점 많아졌다. 나라고 그런 만남이 즐겁지 않았던 게 아니었지만 돈을 벌려면 어쩔 수 없었다. 심지어 나는 당시 유행하던 스타크래프트나 당구 같은 게임도 전혀 하지 않았기 때문에, 사람들과 친해질 수 있는 기회가 더 적었다. 결국 나는 그들과 어설프게 시간을 함께 보내야 한다는 부담감을 떨쳐버리기 위해 점심때나 공강 시간에는 아예 캠퍼스 벤치나 건물 옥상에서 혼자 시간을 보냈다.

나를 아끼던 몇몇 선배나 동기들은 이런 상황을 어렴풋이 짐작하고 내 밥값을 계산해준다거나 나를 억지로 술자리에 데려가 붙잡아두기도 했다. 그들의 따뜻함이 싫지 않았지만 이런 일이 계속 반복될수록 나에겐 일부러 그들과 어울려야 하는 상황이 더 큰 짐으로 다가왔다. 그들도 내 생각과 성향을 어느 정도 이해하고 포기했는지 하나둘 나를 내버려두었다. 그러니까 내 스무 살의 대학생활은 낭만적이고 시끌벅적하며 들썩들썩한 시간보다는 혼자 사색하고 고민하며 스스로에게 무언가를 끊임없이 묻고 답했던 시간에 더 가까웠다. 그 대학생활 중에서 가장 또렷

혼자 밥을 먹고, 책을 읽고,

혼자 글을 쓰다 혼자 잠들고.

혼자인 게 익숙해서

내게 다가온 너의 따뜻함이 부담스러웠나 보다.

그러다가 날아가 버릴까 봐,

눈을 감으면 사라져 버릴까 봐,

그게 두려워서 내게 내민 너의 손을 잡지 못했다.

이렇게 쉽게 흔들릴 것을,

온 종일, 몇 날 며칠 가슴이 찌릿찌릿 저며올 것을.

하게 남아 있는 기억은 가령 이런 것들이다.

1100원 하던 대학 구내식당의 햄치즈 샌드위치와 자판기에 500원을 넣으면 거스름돈 50원과 함께 나왔던 펩시콜라. 양손에 샌드위치와 콜라를 들고 캠퍼스 구석 벤치에 앉아 투팍의 노래가 흘러나오는 헤드폰으로 두 귀를 지그시 눌러 막은 채 버지니아 울프와 에드거 앨런 포의 소설을 읽던 시간들. 공강 시간 때마다 햇빛과 가장 가까운 건물 옥상으로 올라가 대학생활의 낭만이 꿈틀거리고 있는 캠퍼스의 전경을 내려다본 시간들.

캠퍼스 광장 한가운데 서 있던 독수리 모양의 상을 학생들은 '닭상'이라고 불렀는데, 그 닭상을 중심으로 각자 수업을 들으러 이동하는 학생들의 모습이 내게는 마치 닭이 모이를 쪼아 먹으며 걸어가는 모습처럼 보였다. 그 행렬들을 볼 때마다 의미 없는 웃음이 피식피식 튀어 나왔고, 그곳에서 매일같이 글을 쓰고 음악을 듣고 가사를 쓰면서 마음속 허전함을 달랬다. 그리고 그당시 나의 일상이 곧 내 이름이 되었다. 그렇게 내 이름은 아웃사이더가 되었다.

혼자가 아니었지만 혼자였고, 혼자일 수밖에 없었지만 혼자가 아니었던 나. 지금도 1~2년에 한 번씩 대학 동기들을 술자리에서 만나는데, 술에 취한 동기들이 이렇게 말했다.

왜 그렇게 혼자 멋있는 척 폼을 잡고 다녔냐고. 왜 모두와 잘 어울릴 수 있었으면서도 스스로를 혼자로 만들었냐고. 하지만 희한하게도 혼자인 내가 외로워 보이지 않고 멋있었다고.

그랬다. 당시 나는 외로웠기 때문에 내가 누구이고 무엇을 해야 하는지 알 수 있었다. 그렇게 나는 세상이 외면한 아웃사이더가 아닌, 내 뜻과 방식대로 살아가는 아웃사이더의 의미를 몸으로, 마음으로 익히고 만들어갔다.

남자다운 척
강한 척하지 마라

'넌 곁에 있어도 곁에 있는 것 같지 않아. 만지면 베일 것 같아.'

그 시절 나에게 이별을 고했던 전 여자 친구에게서 받은 문자였다. 늘 강한 척, 바른 척, 옳은 척하며 살았던 내 삶의 방식은 가장 가깝다고 생각했던 연인마저도 숨 막히게 했다. 늘 자상하게만 대해주면, 상대방의 이야기를 들어주기만 하면 모든 게 괜찮고 문제없을 거라고 생각했지만 그게 아니었다. 나는 내 삶의 태도를 천천히 점검해볼 필요가 있었다. 스스로에 대한 질문이 쏟아졌다.

'나는 어떤 사람일까?'

'내가 살아온 삶은 어떤 모습이었을까?'

'나는 누군가에게 어떤 모습으로 보이고 있었을까?'

답은 이미 내가 알고 있었다. 내 정규 1집 앨범이 성공하지 못한 이유가 여기 있었으니까.

2007년 나는 8년간의 긴 언더그라운드 무대를 거쳐 정규 1집 앨범 타이틀곡 〈남자답게〉로 정식 방송 데뷔를 했다. 그토록 꿈에 그리던 방송 데뷔였건만 결과는 혹독했다. 그저 누구보다 빠르게 랩을 하는 언더그라운드 출신의 솔로 래퍼에게 대중음악 시장은 결코 관대하지 않았다. 눈물을 감추고 주먹을 꽉 쥔 채 "남자답게"를 외치면서 나는 남자답게 망했다.

물론 배운 것도 많았다. 레게 머리에 뿔테를 쓰고 통 큰 힙합 정장을 입는 건 비호감이라는 것과 음악에 관해서는 어떠한 일이 있더라도 타협을 하지 말아야 한다는 것. 앨범 판매량이나 가요 프로그램 순위보다도 훨씬 중요한 건 가장 근본적이고 원초적인 '스스로의 만족'이라는 것. 그리고 그것은 결코 그 무엇과도 바꾸면 안 된다는 것을. 그 시간은 남자다운 척했던 나를 비웃고 꾸짖었으며, 동시에 내가 진정 원하는 것은 무엇인지, 내가 해야 하는 이야기는 어떤 이야기인지 찾아 나서게 해주었다. 그리고 그동안 누구보다 남자다운 척하며 살아왔던 내 인생이 진짜 남자다운 것이었는지 되묻게 해주었다.

결국 나는 남자다운 척, 잘나가는 척하면서도, 주말에는 TV

음악 프로그램에 나가 노래를 하고, 평일에는 생계유지를 위해 하루에 11시간씩 시급 2700원의 편의점 야간 아르바이트를 했다. 나는 동네에서 사람들이 가장 많이 모이는 건대입구역 2번 출구 앞 로데오 거리 입구에 있는 녹색 편의점에서 녹색 유니폼을 입고 왼쪽 가슴엔 내 이름을 새긴 명찰을 달고, 누구보다 빠르게 바코드를 찍었다.

만나는 친구들이나 친척들마다 모두들 내게 이제 TV에 나오는 연예인이 된 거냐며, 그동안 고생 많았고 정말 대견하다고 말해주었다. 10대 후반과 20대의 대부분을 바친 길고 길었던 언더그라운드와 무명 시절을 생각하면, 더더욱 그들 앞에서는 내 노래와 내 이름을 부끄러워하는 모습을 보이고 싶지 않았다. 그래서 잘나가는 사람처럼, 이제는 유명해지고 돈도 많이 버는 연예인인 양 말하고 행동했다. 그때의 나는 오기와 패기, 자존심으로 똘똘 뭉쳐 있었다. 그렇게 살아온 내 삶의 방식을 바꾸고 싶지도 않았다. 그러니 가수 활동과 동시에 해야만 했던 아르바이트나 부업 등 생계유지를 위한 시간들이 결코 힘들지 않았다. 하지만 이런 이중생활을 하는 동안에도 나에게 TV 음악 프로그램에서 노래를 부를 기회는 생각보다 많지 않았다.

한번은 이런 일이 있었다. 한 대학의 오리엔테이션 행사를 갔을 때였다. 오프닝 순서였던 나는 무대에 올라가 노래를 하고 있었다. 그런데 음향이 중반부에서부터 점점 작아지더니 갑자기 끝나버리는 것이 아닌가. 무대 옆을 보니 공연 관계자가 황급히 나에게 내려오라는 손짓을 하고 있었다. 나는 영문도 모른 채 무대 아래로 끌려 내려왔다. 관계자의 말을 들어보니, 내 다음 차례로 예정되어 있던 유명 가수의 댄서 중 한 명이 다음 스케줄이 급해서 앞서 공연을 하고 있던 나를 끌어내렸다는 거였다. 어처구니가 없었다. 댄서라는 직업을 무시하는 건 결코 아니지만, 가수로서의 내 자존심은 말도 안 되게 상했다. 어떤 이유에서건 노래하고 있는 가수를 무대에서 끌어내린다는 건 말도 안 되는 일이다.

그날 나는 매니저 형과 단둘이 사무실이 있던 봉천동 포장마차에서 밤새도록 소주를 마시며 세상이 떠나가라 욕을 퍼부었다. 아직 뜨지 못한 신인에게 너무나 냉혹했던 시간이었다. 사실 8년 만에 방송 진출의 꿈을 힘겹게 이루었지만, 음악 프로그램에 출연해서 내 노래를 부르는 횟수보다 차트 안에 든 다른 가수들의 이름과 노래 제목을 속사포 랩으로 소개하는 역할을 더 많이 했다. 그때의 나는 사람들의 마음을 진정으로 움직이지 못하는, 단순히 빠르게 랩을 뱉어내는 신기한 테크니션에 불과했다.

들어주는 사람도 없는데 홀로 내 이야기를 외쳐야 했던 단절된 시간의 연속. 꿈에 그리던 방송 데뷔 후에도 계속 이어진 이 단절의 시간들을 겪으면서, 나는 내가 왜 음악을 해야 하고, 앞으로 어떤 음악을 해야 하며, 언제까지, 어떻게 음악을 할 수 있을지 막막했다. 나에게는 나를 붙잡고 있는 모든 것들을 내려놓고, 진정으로 나와 소통할 수 있는, 나를 찾아 떠나는 여행이 필요했다.

나약함을
드러내야
소통할 수
있다

국토 대장정을 떠나본 적이 있는지.

왜 요즘 사람들이 그토록 무작정 걷는 여행에 몰입하는지, 나
는 그때 이미 알았던 것 같다. 터질 것 같은 가방 하나만을 둘러
메고 하루 10~12시간씩 자전거 페달을 밟아댔다. 꼬인 체인을
몇 번이고 풀고, 갈고, 기름칠하고, 휘어진 휠을 두드려서 펴고,
그러다가 밀고, 끌고, 들쳐 메고, 걷고, 또 걸었다. 결국 회생 불
능이 된 자전거를 싣고 버스를 타고 지하철을 타고 다시 걷다가
배를 타고, 무작정 두 발이 이끄는 곳으로 향했다.

서울, 대전, 충주, 청주, 대구, 부산, 울산, 전주, 광주, 그리고 완

도에서 배를 타고 제주로. 심술궂은 제주의 맞바람을 맞으며 해
안 도로를 질주하다 섭지코지의 절경을 두 눈에 머금고 한라산
을 가로질러 다시 여행의 출발점으로 돌아오기까지. 정확히 석
달하고 일주일 동안 혼자 세상을 떠돌았다.

여행의 시작과 끝에서 내가 가장 절실히 깨달은 것은 무엇이
었을까?

그것은 나의 '나약함'이었다.

나란 존재는, 아니 비단 나뿐만이 아니라 인간이라는 존재는
이 드넓고 광활한 세상 속에서 정말 나약하고 미약한 하나의 점
에 지나지 않았다. 익숙하지 않은, 경험해보지 못한 매일매일의
새로운 환경 속에서 나는 수십, 수백 번 더 고민하고, 좌절하고,
포기하고, 죽을 고비를 넘겼다.

포기하고 싶을 때 어쩔 수 없이 내가 선택한 방법은 나의 나
약함을 인정하고 꺼내놓는 것이었다. 지난 시간 동안 자존심 하
나로 버텨왔고, 누군가에게 조그만 부탁 하나 하지 않고 살아
온 나였다. 늘 당당함을 자신하던 20대 중반의 청년이 그 여행
의 끝에는 어느새 모든 것을 내려놓고 맨몸으로 홀로 세상 앞
에 서 있었다.

하루에 10시간 이상씩 점점 무거워지는 자전거 페달을 밟은
지 열흘쯤 되던 날이었다. 그날도 어김없이 저녁이 되자 날이 저
물고 어둠이 깔리기 시작했다. 기온은 뚝 떨어지고 페달을 밟는

두 다리에는 점점 감각이 없어졌다. 춥고 배가 고팠다. 눈앞에 다를 것 없이 계속 이어지는 길이 지겨웠고, 말을 잃어버린 나도, 말을 찾는다 한들 들어줄 사람 하나 없는 상황도 외로웠다. 시간이 지날수록 외로움이 진해졌다. 잠을 잘 만한 인가나 인적의 불빛이 전혀 보이지 않는 짙은 어둠이 나를 집어삼키고 있었다. 집채만 한 몸집의 흔들거리는 대형 트럭들이 미친 듯이 질주하며 힘겹게 페달을 밟고 있는 내 옆을 아슬아슬하게 스쳐 지나갈 때마다 내 심장은 이내 멎을 듯 급격히 쪼그라들었다 펴지기를 반복했다. 거대한 트럭에 밟혀 솟구쳐 오른 조그만 돌멩이나 파편들이 자전거 주변을 살짝이라도 스쳐갈 때면, 마치 바위라도 훑고 지나간 듯 쩌릿쩌릿 퍼지는 진동에 정신을 놓을 듯한 충격을 받았다.

도저히 이 어둠과 추위와 배고픔과 외로움 속에서 더는 앞으로 나아갈 자신이 없었다. 결국 나는 어느 순간 힘없이 두 발을 땅에 내려놓았다. 태어나서 처음 경험해보는 두려움이었다. 정체 모를 공포 속에서 몇 시간이나 떨었을까. 돌아갈 길을 헤매고 헤매다 결국 생각하게 된 것이 히치하이킹이었다. 하지만 그역시 쉽지 않았다. 어둠 속에 가려진 내 모습을 발견하지 못한 차들은 거대한 괴물처럼 나를 향해 더욱 사납게 으르렁거렸다.

어느 순간, 추위와 탈진, 배고픔과 끝 모를 두려움으로 이성을 잃어버린 나는, 내 앞을 향해 돌진해오는 커다란 어둠을 향

피터 월쉬는 그것이 외로움의 특권이라고 생각했다.

혼자서는 누구나 자신이 선택한 일을 할 수 있었다.

아무도 보지 않는다면 그도 울음을 터뜨릴 수 있었다.

그는 제때에 흐느끼지 못했고 제때에 웃지 못했는데,

그것이 바로 인도의 영국인 사회에서 그가 파멸하게 된 이유였다.

버지니아 울프 《댈러웨이 부인》

해 내 몸을 통째로 내동댕이쳤다. 제정신이 아니었다. 반은 정신이 나가 있었다. 갑작스러운 돌발 상황에 깜짝 놀라 당황한 트럭이 자지러질듯 비명을 지르며 핸들을 꺾어 차를 세웠다. 정신을 차리는 순간 모든 것이 끝난 줄 알았다. 짙은 어둠 속에서 트럭을 운전하던 아저씨가 간신히 차를 멈추고 나와서 나를 향해 소리를 질렀다. 그때였다. 내가 이 여행에서 처음으로 누군가에게 말을 건넨 것이.

"살려주세요……. 도와주세요……. 배가 너무 고파요. 춥고, 무섭고, 제가 지금 뭘 어떻게 해야 하는지 아무것도 모르겠어요."

그때 내 앞에 서 있던 트럭 기사 아저씨가 격앙된 표정을 풀고는 내 손을 살며시 잡아주었다. 그는 엉망이 된 내 자전거를 트럭에 싣고 조용히 그 길고 긴 어둠의 끝에서 나를 데리고 나왔다. 어둠으로 가득 찬, 끝이 보이지 않았던 도로가 드디어 끝이 나고, 작고 희미하게 반짝이던 빛이 점점 더 뚜렷하고 선명해질 때쯤 그는 그 빛의 진원지인 조그만 구멍가게로 나를 데리고 갔다. 그리고 거기서 나는 인생 최고의 식사를 대접받았다. 삶은 달걀과 데운 우유 한 잔. 그건 내 인생에서 먹어본 가장 맛있고 따뜻한 식사였다.

나 자신의 나약함과 외로움을 솔직하게 누군가에게 꺼내놓았을 때, 누군가의 손길을 간절히 원하며 거짓 없는 눈빛과 마음으로 손을 내밀었을 때, 그때 세상은 비로소 내 손을 잡아주었다.

그날의 인연이 내게 알려준 것은 이것이다. 홀로 감당하기 힘든 상황에 닥쳤을 때, 노력하고 노력해도 내 힘으로는 도저히 해결할 수 없는 상황에 처했을 때, 나의 부족함과 아픔을 누군가에게 솔직하게 드러내 보이는 것만으로도 큰 힘이 된다는 것.

　나약함을 인정한 후 뜻밖의 인연들은 뜻깊은 인연으로 이어졌다. 오랜 단절의 시간 속에서 살았던 나는 비로소 소통의 기쁨을 맛보았고, 그 경험을 토대로 〈외톨이〉라는 노래를 만들었다. 상처를 치료해줄 사람을 찾아 나선 여행의 끝에서 나는 타인, 그리고 나 자신과 소통하는 법을 비로소 깨달았다. 누군가와 진심으로 소통하려면 무엇보다 우선 서로가 다르다는 것을 인정해야 했다. 자신의 아픔과 상처, 나약함과 부족함을 솔직하게 인정했을 때에야 비로소 서로가 진실하게 마음을 꺼내놓고 대화할 수 있었다.

　나는 세상을 살아가는 모두가 외톨이라고 생각한다. 웃고 있다고 해서 모두가 진짜로 웃는 게 아니다. 모두가 가슴 안에 자신만의 상처와 아픔을 가지고 있다. 그걸 꺼내 보이는 게 두렵거나 민망해서, 누군가에게 들키는 게 쪽팔려서 자기 안에 꽁꽁 숨겨두고 안 아픈 척, 괜찮은 척을 하고 있을 뿐이다.

　타인과, 세상과, 그리고 자기 자신과 대화하지 못하는 우리는 모두 외톨이고, 아웃사이더다. 우리는 광활한 세상 안의 희미한 점 하나일 뿐이지만, 그 점과 점이 모여서 선을 이루고, 그 선이

더해져 더 굵은 선이 만들어진다. 그리고 그렇게 모인 선과 선이 만나서 하나의 면을 구성하고, 여러 면이 만나 완성된 형체를 갖게 되는 것이다. 이처럼 각자가 희미한 점 하나인 우리 모두는 혼자가 아닌 함께할 때 그 존재를 나타낼 수 있다. 세상 속의 점 하나, 아니, 세상을 이루는 점 하나. 점 하나의 이야기를 들어줄 또 다른 점을 찾아서 나는 오늘도 긴 여행을 떠나는 꿈을 꾼다. 나를 찾는 여행은 곧 나와 함께할 너를 찾는 여행이다.

상처를
치료해줄 사람
어디 없나

100일간의 국토 대장정에서 돌아온 나는 여행의 시작과 끝에서 느꼈던 아픔과 외로움, 그 미세한 감정의 떨림을 낱낱이 기록하고 싶었다. 어떠한 바람보다 더 간절한 마음이 그 어느 때보다도 격렬하게 춤을 추었다. 그제야 나는 내 젊음의 열병들, 벌거벗긴 채 타인과 마주한 내 부끄러운 감정들까지도 모두 써내려갈 수 있었다.

언제나 내 감정의 시작은 누군가를 끝없이 갈망하는 외로움이었다. 그리고 나는 내가 그토록 갈망하던 누군가가 애초에 내 안에 있었다는 결론에 도달했다. 그랬기에 〈외톨이〉라는 노래를 만들 수 있었다. 강한 척, 있는 척, 센 척, 남자다운 척하기에 바빴던 내 삶에 대한 반성과 함께 나는 잠시 힘을 빼고 팔짱을 풀었다. 힘을 풀고 제자리에 가만히 멈춰 서니 비로소 가야 할 길이 보이기 시작했다. 희뿌연 연기에 가려 흐릿했던 내 시야에 드디어 세상이 또렷하게 들어왔다. 나는 그 어느 때보다 선명하게 깨어 있는 정신으로 나의 상처와 아픔들과 마주했고, 그들을 피하지 않고, 숨지 않고, 느끼는 그대로를 또박또박 써내려갔다. 그렇게 해서 가장 아웃사이더다운 음악, 사람들의 외로움과 소통하며 많은 이들의 사랑을 받았던 노래 〈외톨이〉가 태어났다.

정규 2집 앨범을 준비하면서 그 어느 때보다 많은 가사를 썼다. 그럴 수 있었던, 그럴 수밖에 없었던 이유는 앨범 안에 담고 싶은 이야기와 감정이 가슴속에 가득했기 때문이었다. 내 지난 모습으로부터 환골탈태하고 머리부터 발끝까지 변화된, 진화된 음악을 보여주자는 각오로, 쓰고 지우고 또다시 쓰고 지우기를 수백, 수천 번 반복했다. 하지만 그러한 수많은 고민과 다작 속에서도 1년 8개월 만에 나오는 정규 2집 앨범의 타이틀곡을 정하는 일은 결코 쉽지 않았다.

그중 최종 후보로 올라온 노래가 〈청춘고백〉과 〈외톨이〉였다. 〈청춘고백〉은 이효리, MC몽 등 국내 최정상 가수들의 수많은 히트곡을 썼던 김건우 작곡가와 함께 작업한 노래였다. 당시 나에게는 좀 더 많은 사람들과 소통하기 위해 대중들의 기호와 아티

스트의 의도를 가장 잘 이해하고 조율할 수 있는 프로듀서의 눈
이 필요했다. 그는 아웃사이더라는 래퍼의 빠른 속사포 랩이 대
중들에게 좀 더 쉽고 명확하게 전달되기 위해 무엇이 필요하고
무엇이 절제돼야 하는지를 함께 분석하고 고민해주었고, 그 결
과 만들어진 노래가 〈청춘고백〉이었다. 그래서인지 나 역시 이
노래에 대한 애정과 확신이 분명했다.

　그러던 어느 날, 문득 완성된 노래들을 쭉 들어보던 중 이런
생각이 들었다.

　'과연 지금의 나를 가장 잘 보여주는 음악이 무엇일까? 이 노
래로 나는 더 많은 사람들과 소통할 수 있게 될까? 과연 나는 다
른 사람들과 무슨 감정과 이야기를 나누길 원하는 걸까?'

　수많은 생각들이 머릿속을 떠나지 않았다. 그래서 다시 고민
에 고민을 거듭했다. 그래서 지극히 개인적일 수 있는 이야기지
만 나이기에 가능한, 나만이 만들고 부를 수 있는 노래를 세상
에 들려주자는 결론을 내렸다. 고민 끝에 다시 선택한 타이틀곡
이 〈외톨이〉였다.

　〈외톨이〉는 1년 8개월의 앨범 작업 기간 중 가장 처음으로 만
든 노래였다. 그래서 앨범 작업의 막바지에 만들어진 다른 트랙
들에 비해 유난히 그 느낌과 감성이 거칠고 사나웠다. 다른 트랙
들과 조금 동떨어진 느낌이 들기도 했다. 여러 곡이 실리는 정규
앨범에서는 곡 하나하나의 느낌도 중요하지만, 곡 전체가 가지

는 유기적인 흐름이 그 앨범의 중심적인 색깔을 좌지우지하기에 더 걱정이 되기도 했다. 〈외톨이〉는 다른 트랙들과의 이질감을 줄이기 위해 편곡 과정에서 스태프들과 함께 필요 이상으로 고생한 곡이고, 심지어 이 앨범에서 제외해야 하나 하는 생각까지 했던 곡이었다. 때문에 그런 〈외톨이〉를 타이틀곡으로 선정하기까지는 정말 많은 고민을 할 수밖에 없었다.

그런 고민의 시간들 때문인지, 외톨이는 나 스스로에게도 아주 특별한 노래였다. 나의 상처와 외로움에 대한 진실하고 가녀린 토로이자, 내 앨범 안에서도 외톨이였던 노래. 처음으로 현악 오케스트레이션 작업을 통해 당시의 힙합 음악으로 표현할 수 있는 나의 영역을 확장했던 경험과, 그로 인한 기쁨과 환희를 대중뿐만 아니라 아티스트 본인인 내게도 선물해준 노래. 스트링 편곡 작업을 하면서 외톨이라는 곡과 가사가 가진 거칠지만 격정적인 감정 곡선을 보다 사실적으로 표현하기 위해 힙합 장르의 제작 환경이나 규모에서는 쉽게 시도할 수 없었던 리얼 스트링 오케스트레이션 세션 작업을 한 노래이기도 했다.

그때까지만 해도 나는 현악기가 내는 소리가 이렇게까지 강렬하면서도 섬세할 수 있다는 것을 몰랐다. 아직도 그때 그 소리의 울림이 생생히 기억난다. 〈외톨이〉의 스트링 세션 녹음이 있던 날, 재킷 디자이너와의 미팅을 마치고 러시아워에 걸려 조금 늦게 녹음실에 도착했다. 꼭꼭 닫힌 녹음실 방음문을 열고 들어

갔을 때 내 눈앞에서 펼쳐졌던 처음 만나는 수많은 선의 춤사위들. 그때 분명하게 느꼈다. 현악기와 내 모습이 닮아있다는 것을. 그 어떤 소리보다 구슬프게 울어대는 선율이 귓가를 사뿐히 지르밟고선 리듬 위로 가볍게 춤을 추듯 날아오르기를 반복했다. 그러곤 마치 전쟁터에 나가는 병사들의 결연한 눈빛과 터질 듯 쿵쾅거리는 비장한 심장 박동의 행군처럼 용감하고 웅장하게 사방에 울려 퍼졌다. 그때 눈앞에 펼쳐진 그 신비로운 광경을 나는 평생토록 잊지 못할 것이다.

그렇게 리얼 스트링 세션 녹음으로 생생한 선의 소리와 감정이 더해진 〈외톨이〉라는 노래를 하루 빨리 세상에 내놓기를 손꼽아 기다렸다. 그런데 〈외톨이〉 발매를 일주일 앞둔 2009년 5월 23일 아침, 믿을 수 없는 소식이 들려왔다. 노무현 대통령의 충격적인 서거 소식으로 온 나라가 슬픔과 규탄, 의문과 절규의 도가니로 뒤덮인 것이다. 서민 대통령, 정치계의 이단아이자 아웃사이더였던, 하지만 늘 국민을 생각하고 국민의 편에 섰던 노무현 대통령의 서거 소식과 그를 둘러싼 수많은 의문과 루머들이 꼬리에 꼬리를 물고 이어졌다. 마지막까지 전하려 했지만 온전히 전해지지 못한 국민과 나라를 향한 노무현 대통령의 마음이 남아 있어서였을까. 세상은 온통 슬픔으로 가득했다.

설상가상으로 앨범 발매를 일주일 앞두고 있었던 우리는 슬픔에 허우적댈 기력도 없이 앨범 발매를 연기해야 하나 말아야 하나 또 한차례 중요한 결정을 내려야 했다. 대통령의 서거로 인해 모든 음악, 예능 프로그램의 결방이 결정되었다. 가수들이 앨범을 내고 음악 프로그램에 출연하지 못한다는 것은, 앨범이 나오더라도 세상에 노출될 수 있는 가장 큰 기회가 사라지는 것임을 의미했다. 이보다 허탈한 상황은 없었다. 아마 당시 많은 가수들이 모두 같은 고민을 했을 것이다. 하지만 회사 규모나 환경에서 자유로울 수 없었던 우리는 어쩔 수 없이 앨범을 발매하기로 결정했다.

세상이 큰 슬픔에 잠겨 있던 2009년 6월 1일, 마침내 〈외톨이〉가 세상에 태어났다. 그때를 떠올리면 기쁘고 행복한 마음보다는 신기하고 이상한 기분이 먼저 든다. 특별한 홍보도 못 하고, 인지도나 별다른 이력도 가지고 있지 않았던 솔로 래퍼가 11년간의 무명 시절을 거쳐 세상에 내놓은 앨범이 차트에 드는 것만으로 신기한데, 발매되자마자 차트 꼭대기에 올라가 있는 광경이라니. 나를 비롯해 주변 사람들, 그리고 업계 관계자들 모두 이 상황이 우연이고 잠깐일 거라고 생각했다. 하지만 모두의 예상을 비웃듯 〈외톨이〉를 향한 반응은 시간이 갈수록 더욱 뜨거워졌다.

〈외톨이〉는 모든 음원 차트의 꼭대기 위에 자리를 잡았고, 그렇게 약 6주간 차트 1위 자리를 수성했다. 음원 차트 1위, 앨범 판매 차트 1위, 라디오, 노래방, 불법 음원 차트 1위까지. 나는 음악을 시작한 이래 가장 큰 사랑을 받으며 승승장구했고, 업계의 많은 사람들이 이 노래가 그토록 사랑받는 이유에 대해 분석하기 시작했다. 그렇게 아웃사이더라는 이름을 가진 한 젊은 이가 부른 〈외톨이〉라는 노래는 슬픔에 잠겨 있는 나와 대한민국 국민들의 마음을 조금이나마 위로해주었다. 감히 엄청나게 과분한 사랑을 받은 〈외톨이〉는 그 후로 내 인생을 완전히 바꾸어놓았다.

아직도 여전히 기억하고, 추억한다. 누구보다 앞장섰기에 외로웠고, 누구보다 높은 곳에 있었기에 아무에게도 말하지 못했을 그의 상처 가득한 삶을. 말할 수 없었지만 그 역시 우리와 같은 연약한 사람이었을 것이고, 다른 누군가에게 당신의 연약함을 꺼내 보일 수 없는 위치에 있었기에 홀로 힘들게 아픔을 감당해야 했을 삶을. 언젠간 꼭 말씀드리고 싶었다. 세상이 함께 흘린 눈물만큼 하늘에선 더이상 외롭지 않으시기를. 그동안 정말 감사했고, 수고 많이 하셨습니다. 나의 대통령, 그리고 우리의 대통령님. '당신은 이제 그곳에서 더 이상 혼자가 아닙니다.'

06

또 다른
외톨이 친구에게서
온 편지

어느 날 한 장의 편지를 받았다. 자신이 학교에서 친구들로부터 왕따를 당하고 있는 중학생이라고 밝힌 그 친구는 사랑받지 못함이, 아니 평범하게 친구들과 어울릴 수조차 없는 자신의 삶이 너무나 힘들다고 했다. 그리고 그 소외감을 더 이상 견디기가 힘들어서 그 아픔조차 내려놓겠다는 결심을 하게 됐다고 했다. 죽음에 대한 두려움과 스스로에 대한 한심스러움, 그리고 가족에 대한 미안함과 자신을 손가락질하고 욕하던 친구들에 대한 원망이 뒤죽박죽 섞여서 붉은 눈시울이 온통 눈물범벅이 된 시각, 그는 창문 틀 위로 발을 올려놓고 아래를 내려다보고 있는 자신의 모습을 발견했다.

　자신의 아픔과는 상관없이 여전히 흘러가고 있는 세상을 내려다보며 세상과 마지막 작별 인사를 하려고 할 때, 어디선가 들려오는 음악이 귀를 사로잡았다. 마음을 찌를 듯 어루만지는 현의 선율과 처연하게 귀를 감싸는 목소리, 그리고 가슴 안에 꽉 찬 슬픔을 누구보다 빠르게 쏟아내는 노래에 귀를 기울이다 문득 그는 자신이 하려던 행동을 멈추고 노랫말을 되뇌었다. 그러고는 상처를 치료해줄 사람을 다급히 찾고 있는 이 노래의 가사를 알아보기 위해 창문에서 내려와 인터넷을 검색했고, 〈외톨이〉라는 제목을 가진 자신의 모습을 닮은 한 노래를 찾게 되었다.

　어느 누가 자신만큼, 혹은 자신보다 더 아플 수 있을까. 하지만 자신처럼 아프고 슬픈 눈물을 쏟아내고 있는 사람이 세상에 있다는 그 사실만으로 그는 큰 용기를 얻었다. 아플 때 아프다고, 슬플 때 슬프다고 조심스럽게 자신의 감정과 상황을 꺼내놓을 수 있는 용기를 얻은 것이다. 자신만이 아픈 게 아니라고, 자신만이 슬픈 게 아니라고, 세상 속의 수많은 누군가들도 아프고, 슬프고, 외롭고, 상처를 가지고 살아가고 있다는 사실을 깨닫게 해주어서 그는 내게 감사하다고 말했다. 그리고 내게도 힘을 내라는 말을 덧붙였다.

　소년의 가녀린 마음이 담긴 편지를 읽고 나서야, 나는 단지

나 자신의 아픔과 슬픔을 솔직하게 꺼내어놓는 일이 이렇게 의미 있는 일을 할 수 있다는 사실을 처음으로 깨닫게 되었다. 내 노래가 누군가에게 살아갈 수 있는 위안과 용기를 줄 수 있다는 사실이 무척 기쁘고 신기했다. 동시에 음악을 한다는 것에 대한 더 큰 책임감과 보이지 않는 무게를 느꼈다. 내 안에 가득 차 있던 오만과 위선을 버리고, 나 자신의 나약함을 인정하고 솔직하게 꺼내놓는다는 것이 얼마나 중요한 일인지도 깨달았다. 소년의 편지를 계기로 창작자로서의 내 삶은 조금 더 무겁고 쉽지 않은 일이 되었다. 누군가에게 어떤 방식으로든 영향을 줄 수 있다는 사실을 감당할 수 있는 사람이 되기 위해, 나는 그동안 내가 음악에 쏟아왔던 그 이상의 것을 앞으로의 삶을 위해 쏟아야 했다. 노래 하나로 바뀐 한 친구의 삶처럼, 내 삶 역시 바뀌었다.

누구나 가슴속 어딘가에는 외로움을 위한 조그만 방이 있다. 외로움은 인간이라면 누구나 가지고 있는 당연한 감정이다. 그러니 이 감정을 특별하다거나 이상하다거나 혹은 자신과 어울릴 수 없는 생각이나 느낌으로 받아들일 필요는 전혀 없다. 함께 나눔으로써 갖는 즐겁고 기쁜 감정들처럼 이 외로움이라는 감정 역시 당연하고 자연스러운 감정의 형태 중 하나라는 것을 인정해야 한다.

외로움의 시작은 괴리감에서 비롯된다. 대부분의 괴리감은 '다름'을 인정하지 않는 데서 시작된다. 그 괴리감이 자신을 혼자로 만들고, 곧 외로움에 휩싸이게 한다. 아웃사이더, 왕따, 혹은 외톨이로 살아가는 대부분은 자기 자신이 남들과 다르지 않다고 생각한다. 사실 그 말이 맞을 수도 있다. 하지만 집단, 혹은 집단의 분위기라는 것은 어떠한 형태로든 쉽게 규정될 수 있는 몇몇 요소들을 바탕으로 그들을 하나로 묶고, 함께 묶일 것인지 아니면 따로 떨어져나갈 것인지를 암묵적으로 강요한다.

따로 떨어져나간 사람은 또 그들만이 가진 몇몇 공통적인 요소들을 구심점으로 다른 집단을 형성한다. 그리고 그들 역시 다른 나머지 사람들에게 함께 묶일 것인지 말 것인지 선택을 강요한다. 결국 선택의 결과에 따라 개인은 어떤 집단 속에 존재하거나 아니면 철저히 개인의 형태를 유지하게 되는데, 대부분 이러한 소수 개인을 아웃사이더, 왕따, 외톨이 따위로 규정한다. 그렇다면 아웃사이더, 왕따, 외톨이는 왜 선택받지 못했을까. 혹은 왜 선택하지 않았을까. 철저히 혼자로 남은 개인이 집단과 대립하거나, 혹은 집단에서 도태되면서 삶을 살아간다는 것은 분명 외롭고 고통스러운 일일 텐데 말이다. 그렇다면 그들은 그러한 고통이 어떤 건지 알면서도 왜 다른 사람들과 함께 묶이지 못하는 것일까.

나는 그 이유가 다름을 받아들이는 개인의 태도 차이에 있다고 생각한다. 어찌 보면 집단에 속한 개인이나 속하지 않은 개인 모두 결국 타인들과는 어떤 식으로든 서로 다른 사람이다. 문

상처를 치료해줄 사람 어디 없나
가만히 놔두다간 끊임없이 덧나
사랑도 사람도 너무나도 겁나
혼자인 게 무서워 난 잊혀질까 두려워
언제나 외톨이 맘의 문을 닫고
슬픔을 등에 지고 살아가는 바보
두 눈을 감고 두 귀를 막고
캄캄한 어둠속에 내 자신을 가둬

외톨이, 2집 Maestro

51

제는 그 다름을 인정하면서도, 함께 묶일 수 있는 또 다른 요소들을 찾았느냐 찾지 못했느냐 하는 것이다. 나는 저들과 다르지 않은데 왜 나만 이렇게 혼자 남았는지 모르겠다고 토로한다면, 그런 생각은 스스로를 더욱더 고립시킬 뿐이다. 난 그들과 다르다. 그리고 그들 역시 그들과 다르다. 하지만 다르기 때문에 비슷한 무언가를 찾기 위해 노력하는 것이고, 다르기 때문에 같음 혹은 비슷함 속에서 각자의 다른 개성이 표출될 수 있는 것이 아니겠는가.

홀로 남겨졌다면, 먼저 자기 자신의 다름을 인정하는 것이 가장 중요하다. 그리고 그 다름을 당연하고 당당하게 받아들이는 자세야말로 다름 속에서 같음을 찾을 수 있는 방법이라는 것을 깨달아야 한다. 소통을 갈망하는 외로운 사람들. 이렇듯 불완전한 사람들이 모여 함께 살아가는 불완전한 세상. 우리 모두는 분명 서로 철저히 다르고 불완전한 사람이기 때문에, 대화를 원하고 함께하기를 바라며 공감대를 형성하고 감정을 나누기를 그토록 갈망하는 것일지 모른다.

자신의 다름을 인정하고 자신만의 다름이 빛날 수 있도록 끊임없이 가꾸고 발전시켜나가는 사람만이 자신이 지닌 그 가치를 언젠가 제대로 인정받을 수 있다. 우리는 겉으로만 완벽해 보이는 잘난 척하는 사람과는 오랜 시간 대화하기 싫지만, 조금은 부족해도 그런 자신을 인정하고, 무엇이든 배우겠다는 태도를 지닌 사람과는 마음을 터놓고 이야기를 나누고 싶어진다. 결국 상대방의 이야기가 듣고 싶다면 자신의 이야기를 먼저 꺼내놓아야 하지 않을까. 나의 이야기를 들려주고 싶다면 상대방의 상황과 이야기에 먼저 귀를 기울여야 하지 않을까. 그러기 위해서는 먼저 자기 자신이 어떤 사람인지, 무엇을 좋아하고 무엇을 싫어하며, 무엇을 보고 듣고 느끼고 만지고 말하고 싶어 하는지 알아볼 필요가 있다.

진심으로 자기 자신이 하고 싶어 하는 내면의 이야기에 귀를 기울여보자. 습관처럼 내뱉고 있는 많은 말들이, 실은 상처로부터 자신을 보호하기 위해 만든 잘못된 방어 장치일 수도 있다.

part

x

Two

x

꿈은 외로움 속에서
태어난다

나는 그동안 내가 느꼈던 모든 감정들을 낱낱이 기록하기 시작했다.

펜을 잡고 가사를 써내려가는 한, 나의 오늘은 결코 잠들지 않았다.

아니, 잠들 수 없었다.

그만큼 갈망해왔던 시간들이었고, 두 번 다시 후회하지 않을 결정이었기에

07

가다가
멈춰도
간 만큼은
이익이다

어렸을 때 내 책의 맨 앞 속지 우측 하단엔 항상 "신옥철 박사"라는 글자가 쓰여 있었다. 어머니가 멋들어진 궁서체로 쓴 글자였다. 내가 커서 과학자가 되기를 원하셨던 부모님은 유치원생이었던 내게 크리스마스 선물로 과학 상자와 라이트 형제 전기를 사주셨다. 그러한 부모님의 기대를 받는 것이 싫지 않았다. 언젠가 커서 어른이 되면 무슨 일을 하건 스스로 그리고 부모님이 자랑스러워할 만한 사람이 되겠다고 생각했다.

아버지는 형과 나에게 다양한 것을 경험하고 느끼게 하는 데 많은 시간과 애정을 쏟았다. 주말이면 온가족이 함께 산 좋고 물

당신, 너무 빨리 걸어가지 마요.

뒤쫓아가기 힘들단 말이에요.

행여나 당신의 등이 멀어질까,

손에 닿지 않아 희미해질까 두려워요.

당신, 너무 천천히 따라오지 마요.

기다리기 힘들단 말이에요.

행여나 당신이 뒤처질까,

내 등이 보이지 않는 곳까지 멀어질까 두려워요.

내가 뒤쫓아갈 수 있을 정도로만,

내가 기다리지 않을 정도로만 걸어가요, 당신.

그리고 언젠가 손을 맞잡고 나란히 걸어가요.

같은 속도로, 같이 발 맞춰서.

좋은 곳으로 여행을 떠났고, 낚시, 등산, 야구, 장기, 바둑, 탁구 등을 하며 가족이 함께 할 수 있는 시간을 많이 만들었다. 그러면서도 아버지는 우리를 엄하게 대했는데, "건강한 몸에 건전한 정신이 깃든다"라는 가훈에 따라 몸과 마음을 단련하는 몇 가지 훈련을 시키는 게 그 대표적인 예였다.

어느 날 아버지는 우리 방 출입구에 철봉을 달았다. 그리고 쉽게 미끄러지지 않도록 철봉을 잡는 부분에 검은 고무줄을 감았다. 우리 형제는 그날 이후로 매일같이 철봉에 매달려 꽤 오랜 시간을 보냈다. 정해진 시간을 버티지 못하고 땅에 발을 디디는 날은 아버지의 무서운 호통을 들으며 벌칙을 받아야 했다.

울며 겨자 먹기로 점차 철봉에 매달려 있는 시간이 늘어났다. 철봉에 매달려 오래 버티기가 익숙해졌을 즈음부터 턱걸이를 시작했다. 하루, 일주일, 한 달……. 시간이 지날수록 턱걸이 횟수도 점점 늘려가야 했다. 그때 철봉은 낭떠러지에 떨어지기 직전에 잡은 나뭇가지와 같았다. 내 유일한 살길은 나뭇가지를 꽉 붙잡고 누군가가 나를 구하러 올 때까지 버티는 것이었다. 또한 철봉에 매달렸다가 수십 번이고 턱을 걸고 내려오기를 반복하는 훈련은 위험에 처한 나를 아무도 구하러 오지 않을 경우 혼자 낭떠러지를 기어오를 수 있는 힘을 키우기 위함이었다. 내게는 조그만 우리 집이 곧 세상이었다. 그리고 방 출입구에 달린 철봉에 몇 시간이고 매달려 있는 일은 세상의 낭떠러지에서 떨어졌어도 끝까지 살아남기 위한 실전 훈련이었다.

집 안에서 할 수 있는 몇 가지 훈련에 몸이 완전히 숙달되었을 즈음 아버지는 시간이 나는 대로 나와 형을 데리고 한강 둔치로 나갔다. 우리 형제는 주말마다 영동대교와 잠실대교를 몇 번이고 왕복하며 거친 숨을 토해냈다. 그때 내 소원이자 목표는 어떻게든 정해진 시간 내에 이 경주를 완주하고 아버지의 벌칙으로부터 자유로워지는 것이었다. 몇 달간 계속된 달리기는 내게 숨이 끊어지는 순간까지 경주는 끝나지 않는다는 사실과, 경주에서 살아남기 위해서는 게임을 즐기는 나만의 방식을 찾아야 한다는 교훈을 일깨워주었다.

노래하면서 달리는 버릇이 생긴 것도 그때부터였다. 노래하면서 달리니 더 이상 달리는 일이 고통스럽지 않았다. 숨은 더 찼지만, 즐거움은 육체적으로나 정신적으로나 나를 더 강하게 만들어주었다. 어떠한 상황에서도 끝까지 참아내는 끈기와 인내, 그리고 고통을 즐거움으로 바꾸는 방법을 터득한 것이다. 그렇게 아버지를 통해 지금 내 삶에 가장 큰 힘이 되어주는 소중한 경험을 온몸으로 겪었다. 온몸으로 부딪혔기에 시간이 흐르고 많은 것들이 변해도 내 몸 구석구석의 세포들은 기억하고 있다. 치열함과 죽을 것 같은 고통의 순간도 어느샌가 희열로 바뀔 수 있음을.

이런 말이 있다. 가다가 중지하면 아니 간만 못하다고. 하지만 아버지는 우리 형제를 데리고 산에 오를 때마다 이런 말씀을 하셨다. 가다가 중지해도 간 만큼은 이익이라고. 우리가 오늘 이 산의 정상까지 올라가지 못하더라도, 산을 올라가며 대자연의 신선한 공기를 마셨고, 일상에서 쉽게 볼 수 없는 아름다운 풍경을 두 눈에 담았고, 불필요한 열량과 지방을 태우며 운동을 했고, 아버지와 함께 대화를 나누며 뜻깊은 시간을 보냈으니 그것만으로도 좋은 게 아니겠냐고. 설령 목적지까지 도착하지 못하더라도, 거기까지 나아가는 과정에서 얻은 크고 작은 경험들이 우리 인생의 밑거름과 자양분이 되는 거라고.

인간이 약 80~100년을 산다고 했을 때 인생의 3분의2는 크고 작은 고민과 선택들을 하는 데 쓰고, 나머지 3분의1은 그 고민과 선택의 실행을 하다 죽는다고 한다. 결국 우리는 선택한 것을 실행하는 데보다 그 선택을 하기까지 고민하는 데 더 많은 시간을 쓴다. 생각하고 고민하는 데 대부분의 인생을 써버린다는 것이다. 선택의 순간, 더 이상 망설이지 말고 일단 첫발을 내딛어보는 용기가 필요하다. 가다가 멈추고 돌아와도 된다. 그 과정에서 충분히 가치 있는 경험을 했을 테니. 우리 아버지가 하셨던 말씀은 백번 지당하다. 인생은 가다가 중지해도 간 만큼은 분명 이익이다.

08

나를 무조건
좋아해주는 것

어릴 적부터 책 읽기가 좋았다. 정확하게 말하자면 책 읽기를 좋아하는 것보다 책을 좋아했다. 변신 로봇이나 장난감, 군것질 거리보다도 책을 선물 받았을 때가 행복했고, 한 권, 두 권 늘어나서 어느샌가 책장을 가득 메우고 있는 알록달록한 책들을 볼 때면 왠지 모르게 뿌듯해지고 가슴이 두근거렸다.

책을 선물 받거나 남은 용돈을 모아 구입하고 나면 품에 꼭 쟁여둔 책을 꺼내 앞쪽 속지에 내 이름 석 자를 또박또박 써넣었다. 행여 구겨지고 더럽혀질세라 그 누구에게도 절대 빌려주지 않았다. 정말 친한 친구가 빌려달라고 하면 차라리 책을 한 권 더 사서 선물로 주었다. 어린 시절의 내 책꽂이는 조금씩 형태를 진화해 지금의 서재가 되었지만, 예전에도 지금도 내가 집에서 가장 오랜 시간을 보내는 공간은 책이 있는 방이다. 나는 이곳에서 책을 읽다가 자연스럽게 잠들 때가 가장 행복했다. 책이 있는 공간은 언제나 내게 가장 익숙하고 편안하고 설렘 가득한 장소였다.

사람들이 어떤 책을 좋아하느냐고 물어볼 때가 있다. 어떤 노래를 좋아하냐고 물어보는 것만큼이나 대답하기 힘들고 대답하기 싫은 질문이다. 그럴 때 나는 내가 어떤 걸 닮고 싶어 했는지 다시 생각해본다. 유년기 시절 버지니아 울프의 문체를 사랑했던 나는 그녀 내면에서부터 피어오르는 황홀한 서정성과 운문 같은 산문을 담아내는 표현력을 닮고 싶어 했다. 또한 에드거 앨런 포의 섬뜩하고 치밀한 심리묘사와 인간 내면에 숨겨진 감정들을 끄집어내는 필력에 많은 영향을 받았다.

책을 왜 좋아하냐는 질문에는 이렇게 답할 수 있을 것 같다. 대부분의 사람들은 자신을 좋아해주거나, 자신에게 도움이 되는 사람을 좋아한다. 나 역시 마찬가지다. 그건 내가 책을 좋아하는 이유이기도 하다. 책은 내가 자신을 선택하고 나면 나를 무조건적으로 좋아해주고, 누가, 언제, 어디서, 어떻게 쓴 글이건 간에 내게 어떤 식으로든 도움을 주니까. 긴 소설 한 편을 읽고 나면 마치 내가 작품 속 주인공이 되어 책 속의 새로운 세상을 다 가진 것 같은 행복을 느낄 수 있으니까. 한 가지 더 말하자면, 사람으로 인해 상처를 받을 수는 있지만 책으로 인해 상처받는 일은 없다. 사람처럼 서로의 생각이 다르거나 맞지 않는다고 서로를 공격하지도 않는다. 오히려 내가 원할 때만 자신의 속내를 보여주고 내가 원하지 않을 때는 바로 입을 닫을 정도로 내게 헌신적이다. 그리고 무엇보다도 가장 흥미로운 사실은 이러한 책 역시 불완전한 감정의 주체인 사람이 써내려간 흔적이라는 점이다.

나는 좋아하는 작가나 장르, 혹은 관심을 가지고 있는 분야가 아니더라도 단순히 제목이 눈에 들어오거나, 폰트나 표지 디자인이 끌리거나, 혹은 종이 재질이 얇고 가볍다는 이유만으로도 책을 구입한다. 때로는 서점 한구석에 주저앉아 그 자리에서 책을 끝까지 다 읽고 나서야 그 책을 사기도 하고, 책의 제목이나 목차만을 보고 꽂혀서 그 책을 구입하기도 한다. 물론 한 번도 펴보지 않고 사온 책을 책장 어딘가에 꽂아두고는 아직까지도 읽지 않은 경우도 있다.

어떤 때는 스무 권이 넘는 대하소설을 그 자리에서 며칠 동안 앉아서 읽고 그 결말을 다 알아야 직성이 풀리기도 하고, 또 어떤 때는 처음 몇 페이지만으로 감동을 받고는 그 감동을 잃고 싶지 않아 한참 동안 책을 넘기지 않고 있다가 책장에 그냥 꽂아두기도 한다. 한 글자, 쉼표 하나도 놓치지 않고 정독하는 책이 있는 반면 대충 속독으로 훑어보기만 하는 책도 있고, 장제목과 소

제목만으로 책의 성향과 내용을 대충 파악하고 마는 책이 있는
가 하면, 몇 번씩 읽고 또 읽어도 그 정확한 의미를 파악할 수 없
어 긴 시간을 두고 다시 읽게 되는 책들도 더러 있다.

　대부분의 경우 나는 작가가 전하고자 했던 모든 것을 정확히
이해하기 위해 책을 읽지는 않는다. 어차피 내가 쓴 책이 아닌
이상 그것은 가능하지도 않으며, 그러한 행위에 별 대단한 의미
도 없기 때문이다. 나는 그저 작가가 꺼내놓은 수많은 감정의 조
각들 중 지금의 나와 소통할 수 있는 조각이 하나만 있어도 충분
히 그 의미와 가치가 있다고 믿는다. 책을 좋아하는 내게 중요한
것은 바로 그런 것들이다.

　책의 매력은 이미 완성되어 있음에도 결코 멈춰 있지 않는 데
있다. 자신을 이해하지 못하는 시대를 만나 수십 년간 잠들어 있
다가 많은 시간이 흐른 뒤에야 재평가를 받는 작품들도 수두룩
하지 않은가. 또 당시에는 좋은 평가를 받다가도 시간이 흐른 뒤
밝혀진 새로운 사실이나 바로잡힌 정보로 인해 그 가치가 떨어
진 작품들 또한 꽤 많지 않은가. 이처럼 책은 누구를 만나고, 누
구에게 읽혀지고, 누구에게 전해져서, 누구에게 어떤 감흥과 감
동을 주었는지에 따라, 그리고 어떤 시대, 어떤 환경에서 태어나
서 어떤 상황을 겪고 어떤 변화를 맞이하다 어떤 방식으로 기억
되었는지에 따라 타인에게 전하는 자신의 정체성을 계속 바꾼
다. 그렇기에 오늘 만난 니체와 10년 전 만난 니체가 다를 수 있

고, 나에게 깊은 감동을 줬던 주인공의 명대사가 지금 다시 읽어보면 유치하기 짝이 없는 서툰 사랑 고백으로 느껴질 수도 있는 것이다. 소유하려 해도 영원히 소유할 수 없고, 잊어보려 해도 영원히 잊을 수 없는 만남. 책과 나의 관계는 언제나 늘 그 자리에서 사랑을 불태우고 있는 로미오와 줄리엣의 관계와 같다.

09

하고 싶은
이야기가
부르고 싶은
노래가 될 때

1998년 졸업을 앞둔 중학생은 힙합과 운명적으로 만난다. 힙합 문화는 부모님의 기대를 저버린 적 없는 바른생활 소년이 자신의 숨겨진 자아를 발견하고 욕구를 분출한 첫 번째 반항의 계기였다. 이 새로운 친구는 무미건조하기만 했던 학교 생활에 활기를 불어넣어주고, 날 깔보고 무시했던 이들이 나를 어느새 부러움과 동경의 대상으로 바라보게 만들어주었다. 그리고 본질적으로 내가 누구이며 왜 숨을 쉬고 살아가야 하는지를 알게 해주었다. 힙합은 내게 땀을 흘린다는 것이 얼마나 값지고 아름다운 일이며, 흘린 땀의 귀중함을 간직하기 위해서는 무조건적인 노력밖에는 답이 없다는 것을 가르쳐주었다. 그것도 아주 순수한 즐거움을 통해서 말이다.

처음엔 춤을 췄다. 내 손짓과 스텝, 떨림이 만들어내는 무언의 춤사위는 내가 눈으로 볼 수 있는 곳 그 너머를 향했다. 차가운 아스팔트 바닥에 얼굴을 맞닿은 채로, 태양이 잠들었다가 또다시 뜨기까지 쉬지 않고 팔다리와 온몸을 움직였다. 흘러내린 땀이 식어 마르고 또다시 땀이 흐르도록, 그야말로 정신을 잃도록 춤을 추고 또 췄다. 나는 그동안의 성실한 생활을 모두 내려놓고 이 새로운 친구와 평생 함께하기를 소망했다. 당장이라도 그렇게 할 수 있을 것 같았고 영원히 이 순간이 지속될 것만 같았다.

결론부터 말하면 나는 오래지 않아 춤을 포기했다. 전부일 것만 같았던 춤이 지금 내 삶에서 차지하는 비율은 단 1퍼센트도 되지 않는다. 기술적인 부족함을 채우고 모자란 신체 조건을 덮기 위해 나는 열정적으로 노력했다. 그 결과 나름의 독창성을 갖추기도 했다. 하지만 아무리 노력해도 타고난 리듬감을 온몸에서 뿜어대는 이들과 큰 무대에서 어깨를 나란히 하는 건 불가능했다. 벽에 부딪힌 나는 결단을 내려야 했다. 어떠한 결정에도 후회는 남기지 않겠다고 스스로 몇 번이고 약속했다. 그러고는 인생의 전부인 것만 같았던 춤을 깨끗이 포기했다. 그 후 나는 오직 학업에만 전념했다.

자존심이 강했던 나는 좋아하는 일은 무조건 잘하고 싶었고,

정상이라는 건
브레이크를 걸어 자기 몸을 보호하는 자들에겐
평생 올라갈 수 없는 곳.
싸워야 할 순간을 놓치면 전장에서 진다.
투구의 끈을 졸라매고,
다시 한 번 얼어붙은 내 심장에 입김을 불어넣는다.

잘하는 일은 누구보다 더 잘하고 싶었다. 그래서 뭐든 열심히 했다. 하지만 그렇게 열심히만 한다고 해서 반드시 누구보다 잘할 수 있는 건 아니었다. 누구보다 잘하고 싶었지만 그러지 못해서 자존심이 상하고 가슴이 아팠고, 그래서 포기한 꿈. 많은 시간이 지난 지금도 가끔씩 다시 꺼내어 불을 지펴본다.

춤을 포기한 후 내 마음에 들어온 게 바로 랩이었다. 어느 날 노래방에서 김진표의 〈사랑해 그리고 생각해〉를 열창하던 형의 모습에 나는 적지 않은 충격을 받았다. 어렸을 때 나는 형이 하는 것은 뭐든 좋아보였다. 특히 음악에 있어선 형의 영향이 절대적이었다. 형이 록 음악에 심취해 있을 땐 나도 록 음악을, 형이 재즈와 클래식을 들을 땐 나도 같은 음악을 들었다. 감정을 실어 소리를 지르는 랩을 처음 들었을 땐 조금 시끄럽다는 생각도 들었지만, 형이 하니 뭔가 재미있고 멋있어 보였다.

그러던 중에 특별한 앨범이 나왔다는 소식을 들었다. 대한민국을 대표하는 래퍼들과 힙합을 사랑하는 가수들이 참여한 〈1999 대한민국〉이라는, 국내 최초의 힙합 컴필레이션 앨범이었다. 다양한 주제와 독창적인 스타일은 기본이었고, 거침없는 욕설과 자신만의 방식으로 하고 싶은 생각과 이야기를 자유롭게 담아내고 있었다. 거침없고 자유로워야 더 멋있는 음악이 존재한다는 사실은 나에게 엄청나게 매력으로 다가왔다.

이 앨범을 필두로 해외에서 활동하던 드렁큰 타이거와 얼굴

없는 가수 조PD 등 실력파 래퍼들이 하나둘 방송이나 앨범을 통
해 자신의 사상과 음악을 세상에 꺼내놓았다. 반항심과 불만, 자
기연민으로 가득 차 있던 내게 랩은 하고 싶지만 하지 못했던 이
야기들을 자유롭게 표현할 수 있는 해방구가 되었다. 그리고 단
지 글이었던 내 이야기가 리듬을 얻게 되었다. 쓴다는 것과 노래
한다는 것의 경계가 사라지는 곳에서 나는 더 큰 자유를 얻었다.

10

내 별명은
시옷이었다

시옷.

시옷 발음이 유난히 샌다고 친구들이 내게 붙여준 별명이었다. 래퍼에게 발음이 샌다는 건 치명적이기에 한때는 어떻게든 시옷 발음을 피해서 가사를 쓰기도 했다. 누구든 자신의 약점은 감추거나 피하고 싶다. 행여나 남들에게 들키거나 지적당하지 않을까 두려워하게 되고, 그러면 그 감정이 금세 퍼져나가 자신감을 잃게 한다. 나 역시 남들 앞에서 말하거나 대화를 할 때 이 시옷 발음을 신경 쓰느라 목소리가 작아지거나 일부러 말을 줄이곤 했다.

왜 소리가 새는 것일까. 혀가 유난히 짧다거나 구강 구조나 턱에 문제가 있어서는 아닐까. 별별 생각을 다해보며 거울 앞에 서서 내 얼굴을 유심히 관찰해봤지만 해부학적으로 특별히 문제가 있는 것 같진 않았다. 병원을 찾아가기도 했지만 마찬가지였다. 늘 당당했던 내 일상의 행동들은 시옷 발음 때문에 갈수록 소심해져갔다. 목소리는 작아졌고, 자꾸 주위 시선을 신경 쓰게 됐고, 잘못을 저지른 사람처럼 눈치를 보게 됐다.

그래서 결심했다. 일부러 시옷이 들어간 단어들을 섞어서 말하기로. 친구들과 대화를 할 때도 시옷이 들어간 단어를 더 많이 말했다. 이러한 결심을 랩에도 접목시켜 시옷이 들어간 단어의 라임이나 악센트를 활용하는 방식의 가사들을 자주 쓰기 시작했다. 이 시옷이라는 녀석을 피해갈 수 없다면, 시옷으로부터 도망치려 하기보다 오히려 더 많이, 더 자주 꺼내놓아야겠다고 다짐한 것이다.

그렇게 감추려고만 하던 시옷을 의도적으로 자주 사용하게 되자 시옷은 내게 더욱 특별한 자음이 되었다. 일상 속에 시옷이 들어간 단어들은 무수히 많았고, 많은 만큼 중요한 의미와 역할을 지니고 있었다. 소리, 소문, 소원, 소셜 네트워크, 스피드, 스테이지, 스케일, 스타일, 성공, 성장, 성실, 상장, 상실, 상쇄, 상처 등. 시옷의 특별함을 인식하게 되면서부터 어느새 시옷은 내 말과 글에 없어서는 안 될, 아니 가장 많이 사용하는 자음이 되었다. 그때부터 시옷 발음이 이상하다고 얘기하던 친구들조차 나의 유난한 시옷 사랑을 인정하기 시작했다.

트라우마에 대한 나의 지론이 생겨난 것도 이때부터였다. 감추고 싶은 것일수록 겉으로 드러내고 꺼내놓을 것. 피하려 하지 말고 더 관심을 가질 것. 자신의 약점이 특별함이 될 수 있다는 사실을 명심할 것. 작은 상처가 평생을 쫓아다니며 자신을 괴롭히게 놔두지 말 것.

"나를 죽이지 못하는 모든 고통은 나를 성장시킨다."

니체의 말이다. 강한 적을 만나 죽을 고비를 넘길수록 더욱 강력해지는 〈드래곤볼〉의 초사이어인처럼 스스로 포기하지 않는 한, 그리고 희망의 끈을 놓지 않는 한, 우리 앞에 닥친 수많은 상처와 고통의 시간들은 우리를 더욱 강하고 빛나게 만들어 줄 것이다.

11

꿈은
우연한 기회에
변하기도 한다

어렸을 때 나는 아웃사이더가 아니었다. 오히려 리더에 가까운 사람이었다. 내 주위엔 언제나 많은 친구들이 있었다. 지금 돌아보면 부끄럽지만, 어린 나이임에도 어설픈 힘의 논리에 빠져 있던 나는 반장이라는 위치를 이용해 다른 친구들 것을 빼앗기도 했다. 힘으로 나의 행동을 정당화했고, 내 위치를 이용해 다른 사람과 소통하는 법도 남들보다 잘 알고 있었다. 이를테면 힘을 얻기 위해 힘이 있는 친구들과 어울려 지낸다던가, 내 힘을 이용해 그들의 정당하지 못한 행동들을 눈감아 주었다. 그때까지만 해도 나는 내 잘난 맛에 취해 제멋대로 살아가는 철없는 어린애에 불과했다.

한편으론 다행스럽게도 그러한 내 행동과 결정이 큰 문제를 만들지는 않았다. 별 탈 없이 모두가 나를 따랐고, 조금씩 나는 그런 일상에 길들어져갔다. 하지만 내 이면엔 겉으로 보이는 강인한 나와는 완전히 다른 내가 있었다. 또 다른 나는 사소한 것에 감동을 잘 받는 아이였다. 슬픈 영화를 보면 눈물을 흘리고, 감동적인 영화를 보면 두 손으로 주먹을 꽉 쥐었다. 작고 여리지만 그 안엔 커다란 꿈과 열정을 지닌 아이. 마음에 드는 친구와 친해지고 싶어서 먼저 말을 건네고, 수업 시간에 칭찬 받은 것을 부모님께 자랑하며 하루 종일 들떠 있던 아이. 그리고 다음 수업 시간에도 또다시 칭찬받기 위해 밤새 예습하던 아이. 좋은 일이 있으면 세상 그 누구보다도 환하게 웃고, 슬픈 일이 있으면 세상 무너질세라 펑펑 울던 아이. 강하면서도 섬세하고 냉정하면서도 따뜻한, 그리고 칭찬받는 걸 좋아하는 만큼이나 다른 사람에게 지기도 싫어하던 아이. 그러나 동시에 매우 평범했던 아이.

갑작스레 내린 그날의 선택이 지금의 이곳으로 나를 이끌었다. 어릴 적부터 손재주가 남달랐던 나는 초등학교 4학년 때 과학 영재반에 들어갔다. 그곳에서 매년 4월 과학의 달에 실시되던 여러 가지 대회들은 과학 영재반에서 공부한 것들을 시험하는 좋은 기회였다. 전년도 고무동력기 날리기 교내 대표였던 나는 그해도 대회 1등을 목표로 준비하고 있었다. 그런데 대회 신

어떤 사람들은 욕망이 강하면 강할수록
행동을 실행에 옮기지 못한다.
저 자신에 대한 불신이 그들을 당황스럽게 하고
혹시나 상대의 기분을 상하게 할까 하는 걱정이
그들을 두려워하게 하는 것이다.
게다가 깊은 애정이란 정숙한 여자들을 닮아서
혹시나 드러날까 두려워하며 눈을 내리깔고
생을 보내는 법이다.

귀스타프 플로베르,《감정교육》

청 당일 갑작스럽게 집안일이 생겨 대회에 참가하지 못하게 돼 버렸다. 안타까운 눈으로 나를 바라보던 담임선생님은 같은 날 열리는 교내 논술 대회에 참가해보라고 권했다. 속이 상해 풀이 죽어 있던 나는 별 생각 없이 선생님의 권유에 응했고, 정신을 차려 보니 따스한 4월의 햇살이 들어오는 교실 한구석 책상 앞이었다.

논술 대회의 주제는 '10대 청소년들의 유행과 문화에 대한 자신의 견해'였다. 나는 당시 유행하던 힙합 패션과 춤, 음악에 대해 큰 고민 없이 편안하게 내 생각을 써내려갔다. 특별히 욕심을 냈던 대회도 아니었지만, 그곳에서 오랜만에 편안한 마음으로 내 생각을 꺼내놓았다. 그렇게 길게 내 생각을 적어 내려간 건 그때가 처음이었다.

얼마 후 아침 조회 시간에 나는 전교생 앞에서 상장을 받았고, 그 후 많은 것이 변했다. 논술, 글짓기와 관련된 교내외 대회들에 참가하면서 내 생각을 드러내기 시작했다. 그리고 누군가에게 내 생각을 꺼내놓고 설득하는 일에 희열을 느꼈다. 즐거웠다. 무언가를 새로 만들어내는 것만큼이나, 아니 그 이상으로.

글을 쓰는 일은 내게 색다른 감동을 가져다주었다. 그때부터 시작되었다. 내 이야기를 글로 써내려가는 삶이.

12

말도 안 되는
상황에
빠졌을 때

　카프카의 소설《소송》은 아무 이유 없이 그저 행정상의 착오
로 소송을 당한 한 남자의 이야기다. 갑자기 던져진 부조리한 상
황에서 아무리 발버둥을 쳐봤자 그는 비극에서 벗어날 수 없다.
카프카의 또 다른 소설《변신》은 자고 일어났더니 갑자기 벌레
가 된 남자의 이야기를 그린다. 이런 작품들 때문에 사람들은
갑자기 닥친 말도 안 되는 상황을 카프카적인 상황이라고 부른
다. 처음 읽었을 때 나는 그런 카프카의 작품을 허무맹랑한 허
구의 이야기로만 생각했다. 내가 직접 그런 일을 당하기 전까지
는 말이다.

한마디로 나는 행정상의 착오로 대학 입시에 실패했다. 원하는 대학 수시 입학이 가능한 상을 받았음에도, 누구의 실수 때문인지 제때 연락을 받지 못했다. 대학 지원 일정이 모두 끝나고 나서야 받아가지 않은 상장이 있으니 직접 방문해서 찾아가라는 서울시청의 전화를 받았고, 그제야 나는 내게 어떤 일이 벌어졌는지 알 수 있었다. 아무 예고도 없이 나는 카프카 소설의 주인공이 되어 있었다.

사건의 전말은 이랬다. 내가 전국 논술 글짓기 대회에서 고등부 최우수상을 받았고, 시상식에서 서울시장에게 상을 받아야하는데, 주최 측에서 학교에 아무리 연락을 해도 연결이 되지 않았다는 거였다. 집에도 전화를 했으나 역시 아무도 전화를 받지 않았다고 했다. 어디까지가 사실인지, 누구의 말이 맞는지 확인할 방법은 없었다. 하지만 분명한 것은 누군가의 실수로 원하던 대학에 입학할 수 없었다는 사실이다. 나는 전국 대회 1등이라는 성취를 했음에도, 카프카적인 상황에 걸려 낙오자가 돼버렸다. 어디다 하소연을 할 수도, 누구에게 이 황당한 일을 책임지라고도 할 수 없었다.

소송당하고 벌레가 된 상황을 벗어나기 위해 몸부림칠수록 더 큰 비극이 찾아온다는 걸 나는 어렴풋이 알고 있었다. 이 문제를 붙잡고 있을수록 파리지옥처럼 더 깊숙이 빠져 질식될 거라는 것도 알고 있었다. 그러니 내가 할 수 있는 건 다른 계획과 목표를 세우는 것뿐이었다. 나는 내가 왜 좋은 대학의 신문방송학과를 그렇게 원했는지 다시 한 번 곰곰이 생각해봤다. 내 꿈의 방향을 천천히 점검해볼 시간을 가진 것이다.

앞서 이야기한 교내 글쓰기 대회에서 상을 받으며 나는 글쓰기의 재미에 푹 빠졌다. 하고 싶은 이야기가 논리정연하게 풀어질 때, 그리고 그 이야기가 누군가에게 전달되어 어떠한 형태로든 감정의 동요를 일으키고 그 동요가 좋은 에너지를 만들어냈을 때, 그때 느끼는 만족감은 세상 무엇과도 바꿀 수 없었다. 글쓰는 재미에 푹 빠진 나는 닥치는 대로 글을 쓰기 시작했다. 그러면서 크고 작은 대회에 나가 상을 탔다. 사람들에게 칭찬을 받고, 내 글과 이야기가 사랑받을 수 있다는 게 행복했다. 어떻게든 이 행복을 지속해나가고 싶었다. 고등학교에 진학한 후에도 끊임없이 글을 썼다. 그러면서 본격적으로 언론인이라는 꿈을 키웠다. 좋은 대학의 신문방송학과 진학을 목표로 공부했다.

물론 언론인만을 생각한 건 아니었다. 동시에 나는 랩이라는 또 다른 언어에 빠져 있었으니까. 글쓰기와 랩은 겉으로는 달라 보이지만 궁극적으로 자신의 이야기를 꺼내놓는 수단이라는 점에서 비슷했다. 나는 이 두 가지를 모두 사랑하고 경험하며 세상과 소통하는 방식을 하나둘 깨달아가고 있었다. 나에겐 할 이야기가 있고, 내 이야기를 들어줄 사람이 있었다. 덕분에 나의 학창시절은 정신적으로 풍요로웠다. 나는 그 풍요로움 속에서 차근차근 커나갔다.

고3이 되어 본격적인 입시 준비를 시작한 나는 푹 빠져 있던 음악을 잠시 접어두고 공부에만 매진했다. 내신 등급도 좋은 편이었고 수시에 대비해 전국 단위 글쓰기 대회에 참가하는 등 신문방송학과 진학을 위한 준비를 하나하나 해나갔다. 음악과 언론인 사이에서 고민이 많았지만, 무슨 일을 하건 더 넓은 세상을 경험하기 위해서는 우선 좋은 대학부터 가야 한다고 생각했다. 음악을 업으로 삼고 계신 아버지도 그렇게 조언했다. 나는 다른 수험생들과 마찬가지로 입시 준비에 모든 것을 걸었다.

그래서 마지막으로 전국 단위의 논술 글짓기 대회에 참가했다. 각종 글쓰기 대회에서 입상은 했지만 원하는 대학에 수시 입학을 할 수 있을 정도의 수상 경력은 안 되었다. 하지만 이 대회에서 수상을 하면 원하는 대학에 수시 입학을 할 수 있었다. 하지만 끝까지 수상에 대한 연락이 오지 않았다. 누군가의 실수로 벌어진 일이었다는 사실은 이때까지만 해도 상상조차 할 수 없었다.

마지막 대회에서의 입상 실패 후 목표를 위해 할 수 있는 남은 한 가지는 오직 수능시험에서 좋은 성적을 얻는 것뿐이었다. 2002년 대입 수학 능력 시험을 치렀다. 1교시 언어영역 문제들을 보는 순간 요즘 말로 '멘붕'이 왔다. 그해 수능시험 문제는 매우 어렵게 출제됐고, 수험생들의 평균점수도 전년 대비 50점 가까이 하락했다. 내 점수는 그보다 더 심각했다. 평소보다 100점 가까이 점수가 떨어졌고, 이로 인해 커다란 상실감에 휩싸였다. 꿈에 그리던 대학의 신문방송학과에 진학해 언론인이 되려고 했던 나의 목표가 한순간에 무너져 내렸다.

원하던 대학과 내 성적 사이의 괴리감은 쉽게 상상할 수 있을 정도로 확연했다. 서울시청의 전화는 그때 걸려왔다. 카프카 소설의 주인공이 된 나는 할 수 있는 게 아무것도 없었다.

그때까지만 해도 나는 아직 좋은 대학의 신문방송학과 입학의 꿈을 포기할 수 없었다. 나중에 어떤 일을 하건 간에 일단 그 목표를 먼저 이뤄야 한다는 강박에 시달렸다. 그래서 나는 오직 편입만을 목표로 서울의 한 전문대 영어과에 진학했다. 스무 살, 어린 나이일 수 있지만 대한민국에서 입시에 실패한다는 건 엄청난 시련이었다. 그것을 극복하는 데 또다시 20년이 걸릴 정도로 말이다.

13

바닥을
구르고 굴러

좋아하는 일을 하며 사는 것도 힘든데, 좋아하지 않는 일을 하며 사는 것은 정신적으로나 육체적으로 너무나 큰 부담이고 고통이다. 결국 편입을 위해 다녔던 학교에 1년 만에 휴학계를 냈다. 휴학계를 내고 집으로 돌아오던 날, 나 자신을 가장 치열하게 괴롭혔던 것은 대학생활에 대한 미련이나 스스로에 대한 실망 같은 감정이 아니었다. 그때 나는 혼란스러운 마음이 극에 달해 있었다. 미래에 대한 특별한 계획 없이 무작정 휴학한 것이니까.

무엇을 해야 할까?

스물한 살, 언론인을 꿈꾸던 나는 외롭고 쓸쓸했던 대학생활이 내게 지어준 '아웃사이더'라는 이름으로 몇 년간 내려놓았던 펜과 마이크를 다시 움켜쥐었다. 24시간이 이렇게 짧았던가. 나 자신을 꺼내놓는 일에 굶주려 있던 나는 자는 시간조차 아까워서 하루 온종일 가사를 쓰고 랩을 뱉어댔다. 원하지 않는 일을 하며 살아갈 때 느꼈던 스스로에 대한 후회와 연민, 진정 원하는 일을 향한 열정의 방향과 크기, 진짜 원하는 것을 하며 살아가는 이의 기쁨과 환희, 그리고 두 번 다시는 세상과 타협하기 위해 원하지 않는 일을 하지 않겠다는 굳은 결심까지. 나는 그동안 내가 느꼈던 모든 감정들을 낱낱이 기록하기 시작했다. 펜을 잡고 가사를 써내려가는 한, 나의 오늘은 결코 잠들지 않았다. 아니, 잠들 수 없었다. 그만큼 갈망해왔던 시간들이었고, 두 번 다시 후회하지 않을 결정이었기에.

24시간 음악을 듣고 가사를 쓰고 랩을 뱉어대는 삶은 무엇보다 내게 정신적인 자유를 가져다주었다. 정해진 틀과 규칙, 해야 할 것과 하지 말아야 할 것, 지켜야 할 선과 무너뜨려서는 안 되는 선. 그리고 이런 것들조차 나 자신의 판단과 선택이 아니라 다른 누군가가 정해놓은 기준과 범위 안에서 행해야 한다는 보이지 않는 통제. 그 속에서 음악, 힙합, 그리고 랩은 가장 나다운 이야기들을 나만이 할 수 있는 방식으로 가감 없이 진실하게 꺼내 보일 수 있는 유일한 소통 공간이었다.

그러자 모든 것이 창작의 대상이 되었다. 정치, 경제, 사회, 문화, 예술, 과학 등 다양한 분야의 사람들을 직간접적으로 만났다. 그들과 나눈 사소한 대화도, 지루한 일상에서 겪은 소소한 감정의 굴곡도 모든 것이 내 창작열의 장작이 될 수 있었다. 그 누구의 통제나 간섭 없이 나만의 기준과 방식으로 이야기를 써 내려갈 수 있고, 또 그래야만 하는 나의 오늘이 모이고 있었다.

세 살 때부터 줄곧 살아온 우리 집 지하에는 6평 남짓한 창고가 있었다. 내겐 그곳이 천국이었다. 나는 그곳에서 매일매일 세상을 품는 꿈을 꾸며 글을, 랩을 써내려갔다. 진정한 본연의 나 자신을 찾기 위한 고통의 시간들을 보내고 제자리에 돌아온 내게 남은 것은 오로지 음악뿐이었다. 24시간, 아니 365일, 아니 죽는 순간까지 내겐 음악밖엔 없기를 소망하며 매일 밤, 무대 위에서 노래하는 나를 그리다 잠이 들었다.

일반적으로 기획사의 가수들은 어린 시절부터 일정 기간 동안 전문적인 트레이닝을 받는다. 오랜 시간 치열한 경쟁과 철저한 준비 끝에 방송에 데뷔한다. 하지만 나는 그들과 달랐다. 자기 생각과 감정을 가사로 뱉어대는 래퍼를 꿈꿨던 나는 여느 기획사 소속 가수들처럼 텔레비전 브라운관 속에서 노래하는 대신 각종 축제와 대회, 거리, 클럽 공연 등 잘 알려지지 않은 소규모 언더그라운드 무대를 전전했다.

지금이야 거리 공연도 흔하고 다양한 온라인 채널을 통해 자신의 음악을 알릴 기회도 많지만, 당시에는 그런 환경도 없었고 나는 두 세계 사이에 서 있습니다.

그래서 어느 세계에도 안주할 수 없습니다.

그 결과 약간 견디기가 어렵지요.

당신들 예술가들은 나를 시민이라 부르고,

또 시민들은 나를 체포하고 싶은 충동을 느끼게 됩니다.

토마스 만,《토니오 크뢰거》

우리를 바라보는 주위 시선도 지금과는 전혀 달랐다. 그때는 길거리에서 공연하는 우리에게 아무도 관심을 보이지 않았고, 그나마 보이는 관심이라고는 항의와 신고, 혹은 욕설이나 한심하다는 듯 바라보는 따가운 시선이 대부분이었다. 그래도 노래할 수 있는 곳이라면 어디든 달려갔다. 한 번이라도 더 무대에 올라 노래하려고 공연 기획자들을 만나고 클럽을 돌아다니며 무대에 세워달라고 부탁했다. 애초부터 페이는 생각조차 할 수 없었다. 페이를 준다고 약속하고선 클럽에서 먹다 남은 싸구려 양주를 대신 주며 공짜 공연을 시키는 사장들이 홍대 바닥에 허다했다.

전전긍긍하며 바닥을 구르는 생활이 계속되었다. 내 음악을 알리고 나의 가치를 제대로 인정받기 위해 앨범을 내야겠다는 생각이 점점 간절해졌다. 하지만 막연한 바람을 실현하기 위해서는 생각보다 훨씬 많은 노력과 도움이 필요했다. 누군가가 방법을 알려주지도, 알려줄 수도 없는 열악한 환경이었다. 결국 혼자서 창작 작업과 함께 음악을 완성시키기 위한 믹싱, 마스터링 등 사운드 엔지니어링 작업을 연구하는 수밖에 없었다. 디자인과에 다니는 형과 친구를 졸라 재킷사진을 촬영하고 앨범을 디자인했다. 몇 개월 동안 편의점을 비롯한 여러 아르바이트를 전전하며 마련한 돈을 모아 CD를 찍었다. 공장에서 방금 나온 따끈따끈한 내 생애 첫 앨범을 박스째 낑낑대며 들고 지하철과 버스로 이동하며, 이 무명 언더그라운드 래퍼의 CD를 팔아줄 수 있는 레코드샵, 공연장 등을 직접 두 발로 찾아다녔다. 그렇게 스스로 앨범을 유통하고 판매했다.

　나만 이렇게 한 것이 아니었다. 당시 앨범을 내야겠다고 결심한 언더그라운드 뮤지션들이 할 수 있는 방식은 이것뿐이었다. 언더그라운드 시장 안에서 유명한 래퍼들을 중심으로 뭉친 크루나 레이블이 있지 않았다면 이것 역시도 힘든 일이었다. 그래서 혼자서 앨범을 만들어야겠다는 생각을 하는 사람은 거의 없었다. 힙합의 불모지였다, 이곳은.

　어찌 됐건 나는 앨범을 내면 모든 게 끝인 줄 알았다. 앨범이 세상에 나오고 기쁨에 취해 있기도 잠시, 내 첫 번째 앨범은 "빠르긴 한데 개성이 너무 강해서 호불호가 갈리는 앨범" 정도의 그저그런 평가와 그럭저럭의 판매 성적을 얻었을 뿐이었다.

　이곳에서 살아남기 위해선 더 큰 힘이 필요하다고 느낀 나는 바로 다음 앨범 작업에 착수했다. 이번에는 마음이 맞는 동료들을 하나둘 모았다. 우선 사비를 털어 당시 언더그라운드 힙합의 메카였던 한 클럽을 대관했다. 앨범을 발매했거나 준비 중인 나와 비슷한 상황의 래퍼들을 공연에 섭외했고, 마지막으로 이름이 잘 알려진 래퍼들을 추가로 섭외하기 위해 열심히 뛰어다녔다.

　하지만 특별한 연고도 없고 뚜렷한 두각을 나타내지도 못한 내 뜻에 선뜻 동참하려는 래퍼들은 많지 않았다. 그나마 함께하

기로 했던 래퍼들도 공연의 흥행에 대해 반신반의했다. 어느덧
공연 당일이 다가왔다. 예상 가능한 일이었지만 공연 결과는 참
담했다. 관객 수보다 공연자 수가 더 많은 유례없는 관객 동원
기록을 세우며 나의 첫 공연 기획의 경험은 말 그대로 '경험'만
을 한 채로 막을 내렸다. 그날을 결코 잊지 못한다. 자존심을 후
벼 파는 듯한 좌절감을 경험한 날이었으니까.

part

x

Three

x

아웃사이더가
아웃라이어가 된다

아웃사이더는 외톨이지만,

그렇기 때문에 아웃라이어가 될 가능성도 더 크다,

일단 남들과 다르기 때문이다.

14

내 인생의
진실게임

"누구보다 빠르게 남들과는 다르게."

언더그라운드에서부터 이 가사는 늘 내 이름을 따라다니며 내 랩의 정체성을 말해주었다. "스피드 스타"나 "속사포 래퍼" 등의 별명도 마찬가지였다. 이 별명들처럼 나는 국내에서 독보적으로 빠른 랩을 하는 래퍼로 자리 잡았고, 당시 언더그라운드에서 발매했던 두 번째 앨범의 타이틀 곡 〈연인과의 거리〉를 통해 대중적으로도 어느 정도 알려지게 됐다.

생각지 않았던 두 번째 앨범 〈Speed Star〉의 갑작스러운 성공으로 당시 내로라하는 수많은 대형 기획사와 제작자들의 러

브콜을 받았다. 그동안의 시간을 보상받기라도 하듯 수많은 제
안들이 매일같이 밀려왔다. 나는 그 달콤한 고민 끝에 어찌 보면
그중에서는 가장 규모가 작은 회사였던 스나이퍼사운드와 정식
으로 계약했다.

계약 후 본격적으로 메이저 방송 데뷔를 위한 정규 앨범을 준
비했다. 언더그라운드에서 두 장의 앨범을 발매한 적이 있었지
만, 새로운 환경에서 그것도 싱글이나 미니 앨범이 아닌 정규 앨
범을 준비하는 것은 차원이 다른 작업이었다. 이전까지는 모든
준비를 혼자 했지만, 이제는 나 혼자만이 아닌 많은 스태프들과
함께 작업을 진행해야 했다. 내 음악을 혼자가 아닌 누군가와 함
께 거르고 고치고 덧칠하고 교체하고 다듬는 작업은 나로서는
굉장히 낯선 시간이었다.

지금은 가수들이 음악 장르에 상관없이 TV에 나오는 것을 꺼
리지 않지만, 당시만 해도 오버그라운드를 지향하는 래퍼들은
많지 않았다. 우리는 그저 우리가 만든 노래를 우리의 방식으로
꾸준히 오래도록 부를 수 있기를 갈망했고, 한 곡이라도 더, 한
번이라도 더, 우리가 만들어온 이 문화에 대해 많은 사람들이 공
감하고 소통할 수 있기를 바랐다.

그랬기에 나처럼 언더그라운드에서 활동을 하다 오버그라운
드로 영역을 넓혀가는 뮤지션에게는 남들과는 전혀 다른 방식
과 관점으로 접근할 수밖에 없는 보이지 않는 기준과 벽이 있었

다. 나는 그 기준과 벽을 허물기 위해 부단히 노력해야 했고, 동시에 그 과정에서 기존의 자신을 잃어버리지 않기 위해 끊임없이 저항해야 했다. 사실 이 딜레마에 갇혀서 포기하는 뮤지션들이 꽤 많았다. 자신의 정체성에 혼란을 느끼고 영역 확장을 아예 포기해버리거나 아니면 자신을 버리고 새로운 기준에 타협해버렸다. 나 역시 그렇게 달라진 환경에 적응하지 못하는 많은 뮤지션들을 보며 큰 두려움을 느꼈다.

이 새로운 환경에서 나는 최우선적으로 지금까지의 나를 잃지 않으려고 발버둥 쳤다. 그러면서도 누군가와 새롭게 호흡을 맞추는 일은 내게도 결국 커다란 경험이 될 거라는 생각으로 새로운 것들을 유연히 받아들였다. 음악을, 나아가 세상을 바라보는 나의 시야를 넓히고자 마음먹었다.

회사에 들어가서 방송 데뷔를 준비하던 기간은 이 두 가지 이질적인 태도 사이에서 끝없이 답을 찾아가는 시간이었다. 그러던 중 큰 혼란을 주는 사건이 벌어졌다. 바로 당시 유명 예능 프로그램이었던 SBS '진실게임'의 출연 요청이었다. 매 회마다 하나의 테마를 정하고 그 영역의 진짜를 찾는 프로그램이었는데, 진짜보다 더 그럴듯한 능력을 가진 가짜들을 적절히 섞어서 시청자들이 진짜를 찾지 못하게 하는 반전의 재미가 있었다. 최고의 MC로 활약 중이던 유재석이 진행을 맡고 있었기에 시청률도 굉장히 높았다. 어느 날 아침, 그 프로그램의 작가라고 밝힌 분

나는 오로지 극장에서만 삶을 영위했지요.
나는 그것이 진실이라고 생각했어요.
나는 하루는 로잘린드였고, 다른 날은 포샤였어요.
베아트리체의 기쁨이 나의 기쁨이었고,
코딜리아의 슬픔이 나의 슬픔이었지요.
나하고 연기하는 사람들이 내게는 신처럼 보였어요.

오스카 와일드, 《도리언 그레이의 초상》

이 전화를 걸어왔다.

"한국에서 가장 빠른 래퍼로 알려진 아웃사이더 씨 맞으세요?"

"네…… 그런데요?"

"이번 저희 방송 테마가 '기네스북에 오른 장인들'이거든요, 그래서……."

나는 작가의 말을 잠시 끊고 되물었다.

"전 기네스북에 등재가 되지 않았는데요?"

"네, 알고 있습니다. 하지만 그만큼의 능력을 보여주실 수 있기 때문에 방송이 훨씬 더 재미있을 거예요. 저희 방송에는 진짜보다 더 진짜 같은 가짜가 필요하거든요."

나는 어떻게 답변을 해야 할지 몰라 그냥 매니저의 연락처를 알려주고 전화를 끊었다. 그리고 잠깐의 고민 끝에 매니저에게 전화를 걸어 그 방송에 출연하고 싶지 않다는 의사를 확실하게 밝혔다.

일은 그렇게 간단히 정리되지 않았다. 회사로 섭외 요청이 계속 왔고, 제작진의 끈질긴 권유로 결국 회사에서도 나를 방송에 출연시키기로 결정했다. 우선 나는 진짜가 아닌 가짜로 출연해야 한다는 사실이 마음에 걸렸지만, 그보다 더 불편했던 건 첫 방송 데뷔가 음악 프로그램이 아닌 예능 프로그램이라는 사실이었다. 제대로 데뷔도 하기 전에 사람들이 갖게 될 선입견에 대한 걱정이 머릿속에서 지워지지 않았다. 잘만 하면 된다는 매니저와 스태프들의 격려와 조언도 쉽게 귀에 들어오지 않았다.

하지만 이미 회사 차원에서 출연을 결정한 후라 더 이상 번복할 수도 없는 노릇이었다. 혼란스러운 감정을 뒤로 하고, 이젠 어떻게든 이 프로그램에서 내가 망가지지 않기를 준비할 수밖에 없다고 생각했다. 그래서 나름대로의 전략을 짰다.

첫째, 랩 이외의 말은 가능한 한 하지 말 것.

둘째, 카메라에 최대한 많이 잡히지 않을 것.

셋째, 진짜보다 더 진짜 같은 랩을 할 것. 오로지 랩만 할 것.

나는 최대한 방송에 짧게 나오기를 바랐다. 오직 랩 하는 모습만 비춰지길 바랐고, 그러면서도 랩에서만큼은 최고로 프로페셔널한 모습을 보여주고 싶었다. 그렇게 단순하지만 확고한 나만의 목표를 설정하고, 점점 다가오는 출연 날짜에 맞춰 방송을 준비했다. 그리고 촬영 당일, 생애 첫 방송 출연을 별 탈 없이 마치고 집으로 돌아왔다. 어느 정도 목표하고 준비했던 대로 촬영을 마쳤다고 생각했지만, 방송 후의 반응이나 결과는 신의 뜻이라 여기며 그저 빨리 이 시간이 지나가기만을 바랐다.

방송이 예정된 당일, 난 휴대폰을 꺼두고 홀로 서해 안면도로 여행을 떠났다. 사람들의 시선을 피해 아무도 연락이 닿지 않는 곳에서 혼자 방송에 나온 내 모습을 보고 싶었다. 그런데 당황스럽게도 내가 묵었던 민박집에 하필이면 SBS 채널이 수신되지 않았다. 결국 난 방송이 나가고 있는 동안 어찌할 바를 모른 채 그저 방 안에서 소심하게 입술을 잘근잘근 깨물고 있을 뿐이었다. 방송이 끝났을 즈음, 궁금한 마음에 조심스럽게 휴대폰 전원을 켰고, 그때부터 쏟아지기 시작한 문자 메시지와 부재중 전화에 내 조바심은 더욱 커져갔다.

실시간 검색어 1위, 그리고 수많은 인터넷 포털 사이트와 온라인상에 올라온 내 모습들. 폭발적으로 늘어난 홈페이지 방문자 수와 트래픽 초과 메시지. 그리고 게시판을 가득 메운 나에 대한 뜨거운 이야기와 이슈들. 취미는 랩이요, 특기는 빠른 랩이요, 개인기는 누구보다 빠른 랩이라던, 그래서 오직 랩밖에 할 줄 모르는 아웃사이더의 첫 방송 데뷔 무대는 '인기가요'가 아닌 '진실게임'이었고, 그렇게 내 인생을 바꾼 짧은 순간과의 대면이 순식간에 지나갔다.

전 세계에서 가장 빠른 랩을 하는 한국인 래퍼

'진실게임'에선 진실이 아니었지만, 내 랩의 속도만큼은 진실했다. 굵게 딴 레게 머리를 하고 1초에 17음절을 쏟아내던 이 신기한 남자의 출연에 사람들은 열광했다. 영어가 아닌 한국어로 랩을 하기 때문에 기네스북에 등재되지 못한다는 사연을 들은 사람들은 다시 한 번 이 남자의 정체에 대해서 궁금해했다.

"누구보다 빠르게 남들과는 다르게"로 시작하는 노랫말이 내 트레이드마크가 된 것도 전적으로 방송 출연 덕분이었다. 누구보다 빠르게 남들과는 다르게 엄청난 글자를 쏟아내는 이 남자는 결국 이동통신사 CF와 컴퓨터 CF에까지 출연하며 더 큰 화제를 만들어냈다. 첫 CF가 바로 'SHOW'였다. 이 CF에서 나는 무대가 아닌 공항 창구에 홀연히 등장해 110개국의 나라 이름을 엄청난 속도로 읊어댄 후 그중 한 나라의 티켓을 달라고 말하면 되었다.

"SHOW를 하면 110개국 로밍 체험이 공짜"라는 테마의 이 CF는 콘셉트가 갑작스럽게 수정된 탓에 며칠 전에서야 겨우 대본을 받아볼 수 있었다. 그 짧은 시간 안에 110개국의 나라 이름을 정확히 외워서 빠르게 읊어야 했던 난, 정말 하루 종일 쉴 틈 없이 110개국의 나라 이름을 주절거렸다. 속사포 랩이라는 건, 그리고 인간이 낼 수 있는 한계치에 다다른 엄청난 속도로 단어를 발음하는 건, 그러면서도 발음을 뭉개지 않고 정확하게 발음하는 건 그냥 되는 게 아니다. 단순히 머리가 글자를 암기하는 수준이 아니라 머리와 입과 가슴이 그것을 통째로 기억해야 한다. 만약의 실수를 대비해 언제든지 자동적으로, 무의식적으로 튀어나올 수 있는 정도로 피나게 연습해야만 겨우 가능한 것이었다. 그러니까 내게 주어진 그 짧은 시간 동안 처음 발음해보는 이름이 수두룩한 110개국의 나라를 속사포 랩으로, 그것도 처음 경험하는 카메라 앞에서 틀리지 않고 해내야 한다는 것은 무모한 도전이었다.

하지만 첫 CF 출연이었고, 때문에 그 어느 때보다 설레었다. 촬영 당일까지 110개국 나라 이름을 발음하고 또 발음하며 틀리지 않을 때까지 연습에만 매진했다.

"영국, 미국, 독일, 스리랑카, 브라질, 파라과이, 이스라엘, 필리핀, 헝가리, 호주, 홍콩, 캐나다, 슬로베니아, 태국, 중국, 이라크, 일본, 터키, 네덜란드, 아일랜드, 오만, 모나코, 노르웨이, 체코, 불가리아, 마카오, 앙골라, 프랑스, 우루과이, 아르헨티나, 쿠웨이트, 캄보디아, 미국, 자메이카, 폴란드, 방글라데시, 괌, 토바고, 예멘, 우즈베키스탄, 이 중 110번째 나라 주세요."

CF 촬영을 위해 공항을 통째로 빌리고, 수십 명의 스태프들과 엑스트라가 분주하게 움직였다. CF 촬영을 처음 경험해보는 나는 이 모든 상황이 인상적이고 감사했지만, 그만큼 부담감도 컸다. 내 랩이 살짝이라도 틀리면 이 모든 움직임이 정지되고, 다시 처음부터 녹화를 진행해야 했기 때문이다. 나는 이 공간이 CF 촬영 현장이 아닌 내가 항상 마이크를 잡고 서 있었던 무대라고 생각하고 촬영에 임했다. 다행히 큰 어려움 없이 랩 촬영을 마쳤다. 감독님도 아주 만족스러워했고, 다른 모든 스태프들도 내 랩을 굉장히 신기해하며 대박을 점쳤다. 이제 마지막으로 티켓을 받고 돌아서면서 씩 웃는 마지막 장면만 촬영하면 되었다.

이 마지막 장면을 위해 여주인공이 처음부터 끝까지 막춤을 추는 또 다른 버전의 촬영이 진행됐다. 문제는 그때부터였다. 속사포 랩에 비해 너무나 쉽게 생각했던, 그래서 별다른 준비도 하지 않았던, 그냥 씩 웃기만 하면 되는 표정 연기가 너무나 어색

했다. 어이없는 NG 남발로 촬영은 예상보다 길어졌고, 몇 시간
째 춤을 추던 여주인공은 급격히 지쳐갔다. 당연히 스태프들의
표정도 굳어져갔다.

아, 그때의 미안함과 난감함이란. 하지만 표정이라는 게 긴장
하고 잘해야겠다고 의식하면 할수록 더욱 굳어지게 마련이어서
내 NG 행렬은 그때부터도 한참이나 더 지속되었다. 견디기 힘
들 정도로 아찔한 시간이었다. 결국 꽤 긴 시간의 촬영을 마치고
나서야 OK 사인을 받았다. 그렇게 나의 첫 CF 촬영은 함께한다
는 행복함만큼이나 함께하기 때문에 느끼는 미안함까지 알게 된
소중한 경험의 시간이었다.

그렇게 대한민국에서 가장 빠른 랩을 하는 래퍼의 대한민국
에서 가장 빠른 CF가 탄생되었다. 1초에 17음절, 전 세계에서
가장 빠르게 랩을 하는 한국인 래퍼라는 거창한 타이틀도 생겼
다. 하지만 아직 내 안엔 하고 싶은 말이 많았다. 그리고 시간이
흐를수록 내 안에 쌓인 크고 작은 수많은 감정의 조각들 역시 점
점 더 늘어갔다. 화려함 속에 감추고 싶었던 나의 나약함도 가득
차올라 그 모든 것들이 밖으로 분출되기를 갈망하고 있었다. 그
러면서 내 랩은 점점 더 빨라졌다.

나의 감정이 혀의 굴림에 따라 엄청난 속도로 달려나가고 있
을 때 내 심장은 그 어느 때보다 벅찬 환희로 펄떡펄떡 뛴다. 세
상을 향한 나의 감정이 차곡차곡 쌓여갈수록, 나는 아프고 병든

날 감추기 위해 더욱 빨라져야 했다. 그리고 어느 순간 속도라
는 옷을 입은 나의 외로움은 결국 내 몸의 일부가 되어버렸다.

16

울고 싶어도
웃는 우리는
결국 모두
피에로

그동안 나는 음악을 통해 내 감정을, 내 생각을, 내 상상력을 꺼내놓았다. 물론 단지 내 안의 것들을 밖으로 드러내는 데만 급급한 건 아니었다. 내 노래를 매개로 외로움이라는 내밀한 감정을 가능한 한 많은 사람들과 공유하고 싶었다. 그랬기에 나는 내 감정을 솔직히 드러내는 게 소통의 첫 단계이며, 그래서 무엇보다 내 경험을 토대로 한 이야기를 하는 것이 창작의 가장 중요한 태도라고 생각해왔다.

사실 이야기를 만드는 스토리텔링은 내가 주로 작업하는 방식은 아니었다. 어린 시절 아주 잠시 소설가를 꿈꾸던 때가 있긴

했지만, 그렇다고 해도 3~4분 안에 제대로 된 이야기를, 원하는 만큼의 세밀한 표현과 탄탄한 구조로 담아내는 건 현실적으로 불가능하다고 생각했다. 어설픈 도전이 오랜 시간 지켜온 내 삶의 방식을 허물어버릴 것 같았다.

그럼에도 나는 스토리텔링을 기반으로 한 노래 〈피에로의 눈물〉을 썼다. 가슴속에 상처와 아픔을 가지고 있지만 얼굴에는 억지 미소를 띠고 살아가는 피에로의 삶이, 곧 우리 삶의 모습이라는 생각에서 벗어날 수 없었기 때문이다. 울고 싶어도, 소리 지르고 싶어도 꾹 참고 누군가의 비위를 맞추며 살아가야 하는 게 현실 속 우리의 삶이 아닌가. 자신의 감정을 돌볼 여유조차 없이 타인의 기분과 기준에 맞춰 살아가야 하는 게 우리의 삶이 아닌가. 최근 논란이 되었던 수많은 갑을 관계 이슈 역시 그런 우리 삶을 아주 적나라하게 보여주는 예시다.

나는 그런 억눌린 감정을 해소할 수 있는 소재로 '눈물'을 택했다. 눈물이 주는 카타르시스 기능에 주목했다. 그리고 "눈물이 다이아몬드로 변한다"는 유럽의 한 설화를 가져왔다. 한 청년이 시골 조그만 마을에 살던 아름다운 처녀를 사랑하게 된다. 결혼을 해서 행복하게 잘 살던 어느 날, 바늘에 손을 찔린 아내가 흘린 눈물이 다이아몬드로 변하는 것을 본 후 부부의 삶은 완전히 달라진다.

〈피에로의 눈물〉 가사를 보면, 눈물이 다이아몬드로 변하고,

피에론 자신의 얼굴에 분장을 할 때

눈물을 그려 넣고는 미친 듯이 웃었어

슬픔을 잊으려 애써 춤을 춰봐도

불타는 지나간 사랑의 후회만큼 웃음만 커져가

두 눈가에 핏물이 흘러와 웃음을 짓고 난 춤추네

네 맘 안에 나도 몰래 새겼던 상처가

이렇게 번져가며 난 애타게 너를 찾는데

피에로의 눈물, 2집 Maestro

그 다이아몬드에 눈이 먼 남편이 계속적인 폭력을 통해 재물을 얻는다. 그 상황을 견디지 못한 아내는 목숨을 끊고, 남편은 그제야 자신의 행동을 뉘우치고 평생을 후회의 눈물을 흘리며 살아간다.

물질만능주의, 가정 폭력, 피해자의 자살과 가해자가 평생 짊어져야 할 죄책감까지. 각박한 이 시대를 살아가는 우리 모두가 어디서 본 듯한 이 상황들을 '피에로', '눈물', '다이아몬드'라는 키워드로 결합해 이야기로 풀어냈다. 나는 이런 문제의식을 단순히 재미나거나 슬픈 옛 이야기를 들려주는 차원으로 만족할 순 없었다. 가장 중요한 건 이 노래를 듣는 사람들이 '피에로'에게 감정이입을 하는 것이었다. 그래서 〈피에로의 눈물〉 시리즈의 첫 번째 이야기에선 만화 작가 비타민의 웹툰을 토대로 '피에로'라는 인물에 1인칭 시점의 나를 이입시킴으로써 자신의 크나큰 잘못에 대한 후회의 감정을 극대화시켜 되돌릴 수 없는 상황을 보다 사실적으로 표현하고자 했다.

2009년에 발표했던 〈피에로의 눈물〉은 2집 앨범에서 〈외톨이〉 다음으로 가장 큰 사랑을 받는 노래가 됐다. 그건 나를 포함해서 회사 스태프들 모두 예상치 못한 결과였다. 하지만 나는 많은 사람들의 사랑이 그저 기쁘게만 느껴지지는 않았다. 그만큼 많은 사람들이 아프고 병들어 있다는 증거였으니까.

모두 겉과 속이 다른 삶을 살고 있었다. 당연한 아픔을 숨기고 억지로 웃음 뒤에 숨어 살고 있었다. 가슴속에 꽉 들어찬 그 상처와 슬픔을 있는 그대로 꺼내 보일 수만 있다면 많은 문제가 풀릴 텐데. 울고 싶을 때 마음껏 울고, 억지로 웃지 않아도 되는 솔직한 삶은 영영 불가능한 것일까. 진심으로 웃고 싶을 때 마음껏 웃는 삶을 나는 여전히 꿈꾼다. 그리고 그것이 진정한 행복이라고 생각한다.

〈피에로의 눈물〉의 첫 번째 이야기가 세상에 나온 지 꽤 많은 시간이 흘렀지만, 여전히 주변엔 하루하루가 두렵고 외로운 이들로 가득하다. 그렇기에 피에로의 눈물은 멈추지 않고 두 번째, 세 번째 이야기로 세상에 나왔다. 여전히 슬픔을 노래하는 피에로의 이야기는 앞으로도 끝나지 않고 계속될 것이다. 우리 모두가 억지로 뒤집어쓰고 있는 가면을 벗을 때까지.

17

난 여기에도
저기에도
어디에도
섞이지 못해

〈외톨이〉의 성공과 함께 언제나 외톨이였던 내 곁에 수많은
사람들이 생겼다. 아니, 어쩌면 처음부터 있었던 존재를 비로소
확인하게 된 것인지도 모른다. 노래를 마음껏 부를 수 있는 무대
와 수많은 사람들의 환호. 인정받고, 사랑받고, 소통할 수 있는
기쁨과 환희로 하루하루가 설레고 행복했다.

일주일에 한두 개였던 스케줄이 하루에 일고여덟 개로 늘어났
다. 그때의 난 세상에서 가장 행복한 사람이었다. 매일 아침 5시
에 집을 나섰고 새벽 3시가 돼서야 집에 들어왔지만 노래할 수
있음에 감사했고, 더 많은 사람들과 더 깊게 소통하고 싶은 욕심

은 끝이 없었다. 3개월이 넘게 2집 앨범 타이틀곡 〈외톨이〉로 활동했고, 곧이어 〈청춘고백〉으로 후속 활동을 이어나갔다.

6개월 정도 쉼 없이 계속되던 활동이 막바지에 다다른 시점이었다. 한 대학교 축제 무대에 선 나는 그동안 느꼈던 환희와 기쁨보다 훨씬 더 큰 절망과 마주했다. 모두가 나를 바라보고 있던 무대 한복판. 조용히 전주가 깔리고 관객들의 환호와 뒤섞인 〈외톨이〉의 선율이 흐르기 시작할 무렵 나지막이 읊조리듯 나와야 할 내 목소리는 그 공간 어디에도 존재하지 않았다. 음향 사고가 났다며 스태프들은 난리가 났지만, 나는 어렴풋이 알고 있었다. 이대로 가다간 언젠가 내 목소리가 안 나올 수도 있다는 것을. 지금이 바로 그 순간이라는 것을.

6개월간의 뜨거웠던 나의 소통은 또다시 단절됐다. 성대 결절 진단을 받은 뒤 활동을 중단했고, 뜻하지 않게 모처럼 쉴 수 있는 시간을 가졌다. 만나지 못했던 친구들을 만나고, 가족들과 한자리에 앉아 식사를 하고, 내가 좋아하는 사람들과 함께하는 것만으로 즐거운 시간을 보냈다. 분명 즐거웠는데, 그럼에도 나는 소외감을 느꼈다. 그런 시간이 많아질수록 오히려 나는 그들과 완전히 하나가 될 수 없다는 사실을 깨달았다. 너무나 빠르게 변해버린 내 삶에 쉽게 적응하지 못한 채 혼란스러워했다.

그러던 어느 날 문득 지금의 이 변화와 혼란스러운 감정을 기록하고 싶다는 생각이 들었다. 아니, 기록해야만 했다. 나는 다

난 여기에도 저기에도 어디에도 섞이지 못해
너에게도 그녀에게도 누구에게도 속하지 못해
주위를 서성거리며 너의 곁을 맴돌아
달빛은 알아줄까 외로운 이 밤을
별빛은 알아줄까 상처받은 맘을
괴로움이 사무쳐서 노래를 부른다
그리움에 파묻혀서 그대를 부른다

주변인, 2.5집 주변인 : The Outsider

시 펜을 잡고 써내려가는 창작의 시간을 확보했다. 세상을 다 가진 것처럼 행복했던 내 안에 어쩜 이렇게 외롭고 상처받은 사람이 있었나 싶을 정도로 모나고 날카로운 단어가 쉴 새 없이 토해져 나왔다. 그렇게 내 안에 가득 차 있던 소유와 상실, 기대와 실망, 환희와 허망함의 감정들이 묘하게 섞여 〈주변인〉이란 노래가 탄생했다.

"손가락질조차 그리워. 관심조차 과분해서 사랑조차 사치스러워."

"언제부턴가 내 곁에 붙어 다니는 그림자가 나를 가릴 때 내 맘은 너를 그린다."

지금도 그 가사를 보면 그 당시의 내가 어떤 감정의 굶주림과 상실감 속에서 살았는지 떠오른다. 〈주변인〉은 혼자라 느꼈던 외톨이가 사랑을 받으며 누군가와 조금씩 소통해가는 과정에서 타인 혹은 집단에 제대로 섞이지 못하고 그 주변을 맴도는 감정적 혼란 상태를 기록한 노래였다. 또 이 곡에는 전작의 성공으로 인해 노래의 완성도나 앞으로의 음악적 방향에 대해서도 깊게 고민하고 혼란스러워했던 흔적이 그대로 남아 있다. 그것도 가장 거칠고, 가장 혼란스러우며, 가장 다듬어지지 않은 날것 그대로의 상태로 말이다. 〈주변인〉은 미완성의 상태를 기록하고 보존하는 것이 곧 완성인 그런 노래였다.

그런 나의 혼란을 증명하듯 당시 나의 몸무게는 52kg까지 말라갔다. 그만큼 극도의 예민함과 절박함을 가지고 노래했다. 그럴 수밖에 없었다. 〈주변인〉은 그렇지 않으면 부를 수 없는 노래였고, 그렇지 않으면 버텨낼 수 없는 나날들을 기록한 노래였으니까. 그토록 원하던 인기와 명예와 어느 정도의 부를 얻었지만, 이 모든 것들을 언제 잃어버릴지 모른다는 두려움에 시달렸다. 또 너무 커져버린 주변의 기대가 부담스러웠고, 누구와도 온전히 섞이지 못하고 주변을 겉도는 나 자신에 대한 불안감이 컸다. 그 시절 나는 이 모든 감정이 담겨 있는 〈주변인〉을 그저 힘겹게 부를 수밖에 없었다.

18

외롭다고
자꾸 채워
넣지 마

내 삶의 가장 큰 화두는 '깨어 있는 삶'이었다. 그건 어느 순간 커져버린 숫자에 대한 집착 때문이었다. 1위, 1위, 1위…….

무대가 수없이 늘어가고 내 이름을 외치는 사람들의 목소리가 커져감에 따라, 세상에 존재하는 수많은 숫자들의 싸움에 목을 매고 있는 내 모습을 발견했다. 깨어 있어도 깨어 있는 게 아닌, 눈을 뜨고 숨을 쉬고 있지만 죽어 있는 삶을 살고 있는 것 같았다. 그때의 나는 음악을 만드는 내 삶 본연의 행복을 잠시 잊고 지냈다. 대신 사랑받기 위해, 아니 정확히 말하자면 더 큰 사랑을 받거나 사랑을 잃지 않기 위해 노심초사했다. 온갖 숫자들이 내 중심을 흔들었고, 이 모든 것이 자고 일어나면 깨버릴 꿈일까 두려웠다.

진정으로 깨어 있는 삶을 살고 싶었고, 그런 삶이 무엇인지 찾고 싶었다. 나는 이 망설임을 진실하게 기록하는 것만이 지금 내가 할 수 있는 유일한 선택이라는 것을 알고 있었다. 그래서 결심했다. 그런 나의 선택이 어떠한 결과를 가져온다 해도 흔들리지 않고 그저 삶을 기록하고 노래하는 데 나의 전부를 바칠 것임을.

그런 다짐이 선 후 나는 매일 내 고민과 외로움을 기록했다. 그러던 어느 날 이상한 꿈을 꾸었다. 꿈속에서 나는 하루를 살다 가는 하루살이였다. 꿈을 꾸고 있다는 걸 알면서도 꿈의 마지막이 두려워졌다. 내일이면 나는 세상에 존재하지 않는 것이다. 까마득한 어둠 속을 무한히 걷는 절망감 속에 내가 생각조차 할 수 없는 존재가 된다는 막연한 두려움 속에서 몸을 부르르 떨며 잠에서 깼다.

꿈에서 깬 나는 그동안 쉼 없이 달려오기만 했던 지난날을 회고해보았다. 뜨거운 열정과 누구에게도 꺾이지 않는 고집, 하고자 하는 것은 해야 하고, 얻고자 하는 것은 얻어야 하며, 이루고자 하는 것은 반드시 이루어야만 했다. 그래서 음악 안에도 열정을, 고집을, 얻고자 하는 것을, 이루고자 하는 것을 꽉꽉 눌러 담아내기에 바빴다. 이제 그런 내 삶에 잠시나마 휴식을 안겨주고 싶다는 생각이 들었다.

채워 넣기에 급급했던 지난 시간 동안 나에게는 과부하가 걸렸고, 이제는 많은 것을 비워낼 필요가 있었다. 내 안에 가득 차 있던 수많은 감정들을 휴지통 비우듯 깡그리 비워내고 싶었다. 나를 버리고 비워내는 시간 동안 찬찬히 깨닫게 되었다. 비워낸다고 공허해지는 것은 아니었다. 비움을 통해 배움을 채웠고, 버림을 통해 배움을 얻었다. 보이는 것에, 이뤄내는 것에 연연하지 않아도 된다는 생각만으로 삶에 여유가 생겼다.

힘이 들어간 눈에 힘을 빼니 뚜렷하게 보이던 편견이 사라졌다. 힘이 들어간 어깨에 힘을 빼니 매일같이 나를 누르던 타인의 기대와 관심에서 가벼워질 수 있었다. 채워 넣기에 급급했던 삶이 비워내는 삶으로 바뀌니 발걸음부터 가벼워졌다. 내 목소리만이 전부가 아니었다. 말하는 것만이 뜻을 전달할 수 있는 게 아니었다. 소리를 내고, 호흡을 뱉어내는 것만이 음악이 아니었다. 공간이 주는 울림이, 목소리가 아닌 악기들이 이끄는 발걸음이, 소리 없는 침묵과 정적이, 미세하게 떨리는 숨소리가 곧 음악이 될 수 있었다.

작은 여유와 쉼이 내 삶을 바꿔주었다. 마침내 나는 내가 만들어낸 문턱을 조심스레 넘어섰다. 목표를 내려놓으니 애초부터 문턱이 높지 않았다는 것을 깨달았다. 그리고 그 문턱은 마음먹기에 따라서 언제든지 높아질 수도 낮아질 수도 있으며, 애초에 존재하지 않았을 수도 있었다. 삶을 살아간다는 것은 넘어야 할 문턱을 넘는 것이 아니라, 그저 발이 가는 대로, 마음이 가는 대로 걸어가면 되는 것이었다. 마냥 걸어가다 힘에 부치면 그곳이 언덕이고, 마냥 걸어가도 힘이 들지 않는다면 그곳이 평지인 것이다. 내가 생각하는 대로, 내가 흘러가고자 하는 대로 그저 말없이 조용히 흘러가면 되는 것이다. 그런 것이었다, 삶은.

19

성공해도
사람이 그립다

　많은 것을 얻었고 많은 것을 이루었지만, 여전히 사람이 그리
웠다. 함께한다는 따뜻함이 그리웠다. 꿈을 향해 걸어가는 이 길
이 외롭고 쓸쓸하지 않길 바랐다. 그래서 데뷔하기 전부터 함께
음악을 해오던 동료들을 다시 찾았다. 메이저 음악 시장에서 온
몸으로 부딪히며 느끼고 배운 나의 경험을 예전 동료들과 함께
나누면 즐겁고 행복할 수 있을 거라 믿었다. 함께 행복해지고 싶
었고, 함께 주인공이 되고 싶었다.

　당시에 난 회사와 두 장의 앨범 계약을 모두 마쳤고, 재계약과
이적, 그리고 독립 중에 하나를 선택해야 했던 시기를 이미 지

우리는 꿈이란 악기를 연주하는 거리 위의 악사
난 악기가 없어도 목 하나로 악써
외로워 조용히 내 말을 들어줄 사람이 필요해
가슴이 시려서 괴로워 누가 날 꿈에서 꺼내줘
끝없는 고난과 시련이 때로는 무서워
너와 내 거리를 만들고
멀리서 떨어져 바라보는 모습이
차가워 따스한 손길이 필요해
또다시 혼자가 되는 건 너무나 싫어

주인공, 3집 주인공

나 있었다. 아무런 계약 없이 한 장의 앨범을 더 발매한 상태였기 때문에 어떤 식으로든 결단이 필요한 시점이었다. 나는 스나이퍼 형님을 찾아가 내 결심을 이야기했다.

"형님, 이제 때가 된 것 같습니다. 형님이 저에게 그러하신 것처럼 저도 형님을 만나기 전부터 함께 음악을 해왔던 동료들과 함께하고 싶습니다."

그는 언제나 그러했듯 차분하고 무게감 있게 나의 결심에 반응했다. 우리의 선택은 '상생을 기반으로 한 독립'이었다. 언더그라운드 때부터 함께 해온 '블록버스터 레코드'를 정식으로 사업자 등록을 마친 엔터테인먼트 회사로 재정비했다. 동시에 나는 스나이퍼사운드가 내 음반을 함께 매니지먼트 하는 협업 구조를 만들었다. 이 형태의 삶이 우리 모두를 행복하게 만들 수 있는 길이라고 생각했다.

광진구 군자동 주민센터 바로 옆 건물에 내 계약금으로 받은 돈으로, 부족하지도 과분하지도 않은 우리의 새 터전을 마련했다. 두 회사 식구들의 축복 속에 시작된 블록버스터 레코드. 나는 동료들과 밤을 지새우며 행복을 노래할 수 있었다. 그런 행복 속에서 만들어진 음악이 정규 3집 앨범 〈주인공〉이다.

그때 내게 가장 큰 힘이 되어주었던 책은 이미지 설계 전문가 이종선 작가의 《멀리 가려면 함께 가라》였다. 고난과 역경을 함께 헤쳐나갈 수 있는 사람이 있다는 사실만으로도 가치 있는 삶이라는 메시지에 나는 큰 격려를 받았다. 나 역시 그러한 과정의 가치를 경험하며 동료들과 밤새 음악을 만들고 끝없이 대화를 나누며, 소중한 사람들과 함께 살아가는 달콤함을 누렸다.

이런 내 변화된 환경들이 정규 앨범 3집에 고스란히 반영됐다. 그래서인지 주로 외로움과 상처를 이야기하는 기존의 음악들과 다르게 유난히 따뜻하고 행복한 느낌의 곡들이 많았다. 의도하지 않았지만 내 음악에는 그러한 내 삶이 담겼다. 앨범의 후반 사운드 작업에서도 전반적으로 따스한 사운드가 만들어졌다. 비단 음악적인 색깔뿐만 아니라 3집 앨범과 관련된 모든 준비 과정과 활동들이 이러한 따스함을 바탕으로 진행됐다. 앨범 재킷의 콘셉트 또한 "꿈을 꾸는 우리 모두가 주인공이다"라는 메시지에 맞게 다양한 분야에서 일하고 있는 주변 사람들을 스튜디오로 불러 즐겁게 촬영했다.

축구 선수, 헬스 트레이너, 오케스트라 연주자들, 그리고 노래하는 동료들과 죽마고우 친구들까지. 그들은 모두 직업도, 환경도 다르지만, 나와 함께 행복을 꿈꾸는 내 삶의 소중한 인연들이었다.

회사의 만류에도 불구하고 앨범 재킷의 메인 커버 사진을 우리 집 강아지와 함께 찍었다. 꿈을 꾸는 우리 모두가 주인공이라고, 꿈을 꾸는 우리 집 강아지까지도 주인공이 될 수 있다는 메시지를 전하고 싶었다. 새벽에 데려와서 이름이 새벽이인 강아

지는 그렇게 새벽부터 스튜디오를 뛰어다니며 다음 날 새벽까
지 우리를 즐겁게 해주었다. 새벽 공기 같은 상쾌함을 가슴속에
잔뜩 집어넣은 채로.

20

감정을
스케치하고
채색하기

　래퍼들은 대부분 자신의 경험을 바탕으로 이야기를 꺼내놓는
다. 바로 그것이 소통의 시작점이다. 그리고 시간이 지나면서 자
신이 아직 경험해보지 못한 상황들에까지 이입을 시도한다. 어
찌됐건 다양한 직간접적인 경험으로 만들어진 자신의 가치관과
감수성을 가슴 깊은 곳에서 꺼내 랩과 힙합이라는 틀 안에서 풀
어내는 것이다. 여기에 자신만의 작법과 표현력, 테크닉과 캐릭
터를 조합하여 남들과는 다른 특별한 자신만의 색깔을 만들어
낸다. 그것이 나의 래퍼로서의 지향점이었다.

　내 모든 감정을 기록하는 이 일은 다양한 모습의 나 자신과

만날 수 있기에 흥미로운 작업이지만, 그만큼 숨기고 싶었던 나의 민낯과 마주해야 하기에 실망스럽기도 한 작업이다. 어떨 때는 나도 모르는 내가 분수처럼 끝없이 터져 나오다가도, 또 어떨 때는 아무리 머리와 가슴을 쥐어짜도 가사가 단 한 줄도 나오지 않았다. 그런 반복에 순응하고, 반항하고, 체념하고, 다시 오기를 불태우며 작업을 해나가고, 그 시간들이 하루하루 모여 내 삶이 되었다.

내게 가사를 쓰는 일은 한 편의 그림을 그리고 그 그림에 생명을 불어 넣는 일과 같았다. 내가 담고 싶은 크기와 재질의 캔버스를 선택하고, 내가 그리고 싶은 대상을 가장 잘 표현할 수 있는 종류의 연필과 색채 도구를 선택한다. 그리고 내가 선택한 캔버스 위에 내가 선택한 연필을 잡고 내가 그리고 싶은 대상을 그려놓고는 주변에 그 대상을 부각하기 위한 크고 작은 등장인물과 소재와 배경을 그린다. 이런 것들은 그 존재만으로도 중심이 되는 대상과 함께 호흡할 수 있어야 한다.

스케치가 끝나면 연필을 색채 도구로 바꿔 잡고 이 다양한 형태의 것들을 일관된 감정 상태로 보일 수 있도록 채색을 한다. 감정의 깊이와 전달하고자 하는 메시지의 종류와 크기에 따라 색을 진하게 덧칠하기도 하고 음영과 채도를 세밀하게 조절하기도 한다. 색을 입히는 작업과 깊이를 담는 작업을 마치면 그냥 손으로 둘둘 말아 원하는 색상의 조그만 리본으로 가볍게 묶어 내가 주고자 했던 누군가에게 선물한다. 선물하고 싶은 사람이 없어도 상관없다. 내 감정이 오롯이 담겨 있는 그림들 하나하나를 차곡차곡 나 자신의 보관함에 넣어두면 그만이다. 누군가에게 주고 싶지도 않고 들키고 싶지도 않다면, 어딘가에 꼭꼭 숨겨두거나 그냥 찢어버려도 된다. 또 완성된 그림을 보고 떠오르는 누군가에게 즉흥적으로 선물하는 것에도 색다른 재미와 의미가 있다.

내 안에서 끄집어낸 감정과 내 손으로 만들어낸 이 결과물을 누군가와 어떠한 방식으로든 공유했을 때 비로소 이 그림의 존재 가치가 분명해진다. 그리고 이로 인해 누군가 역시 자신의 감정을 꺼내놓고 또 나눌 수 있다면 그림의 존재 가치는 더할 나위 없을 것이다. 타인과의 감정 공유가 사물로만 존재하던 그림에 숨을 불어 넣는다. 그러면 시공간을 초월한 빛이 생긴다. 누구에게, 어떤 경로로, 어떻게는 중요하지 않다. 언제든지 숨 쉴 수 있고, 또 언제든지 숨을 멈출 수 있기 때문이다.

창작을 한다고 폼은 잡고 있지만 때로는 그 의미와 방향을 잃어버릴 때도 있다. 마치 타인의 생각을 자신의 생각처럼 말하는 오류를 범하기도 하고, 때로는 자신의 상황과 감정에 도취된 나머지 누군가에게 의도치 않게 상처를 줄 때도 있다. 그럴 때 나는 스스로를 꾸짖거나 원망하거나 후회하기보다는 이 상황을 발판 삼아 그저 계속 글을 써내려가는 편을 택한다. 그밖의 어떤

매일 열정과 에너지를 소비하고
다시 채워 넣기를 반복하며 살아간다.
외로움과 두려움의 조각들이
문득 그 모습을 드러내려 할 때마다
나조차도 헤아릴 수 없는 한계점으로
나를 끝없이 채찍질하고 몰아세운다.
내가 할 수 있는 것이라곤 단지 그것뿐이다.
깨어 있지만, 꿈속을 헤엄치는 기분이다.

행위도 위안이 되지는 않는다는 걸 경험적으로 알고 있기 때문이다. 누구에게나 창작이 필요하다. 꼭 노래를 쓰거나 그림을 그리는 일이 아니라 해도, 나만의 것을 꺼내고 만드는 일을 해야 한다. 창작의 의미는 꾸준함 속에서 새로움을 찾는 일이고, 낯섦 속에서 낯익음을 찾아내는 일인 것이다.

21

좋아하는 일인데
잘되지 않는다면

좋아하는 일과 잘하는 일이 같으면 좋겠지만, 두 가지가 서로 달라 고민하는 친구들을 주위에서 쉽게 찾을 수 있다. 잘하는 건 수학인데, 좋아하는 건 글쓰기라면 어떤 선택을 하는 게 좋을까.

강연을 다니면서 거의 매번 받게 되는 이 공통적인 질문에 나는 무조건 좋아하는 일을 하라고 말한다. 우선, 잘한다고 말할 수 있는 기준을 생각해보자. 자신의 특기나 자신이 선택한 전공 분야가 잘하는 것이라고 한다면, 정말 그 전공 분야를 살려서 밥 벌이를 하고 있는 사람이 얼마나 될까. 영어과를 졸업했거나 영어를 잘하는 내 대학 동기들 중에서도 영어나 영문학을 주로 활용하는 업무를 하고 있는 친구는 손에 꼽을 정도다. 그들 대부분은 현재 자신의 전공 분야와는 무관한 일을 직업으로 삼고 있으며, 내 주위에는 그렇게 자신의 전공이나 특기와 상관없는 일을 하면서도 행복하게 사는 친구가 많다.

사회생활을 하면서 혼자의 힘으로 무언가를 할 수 있는 사람은 굉장히 소수다. 직장인의 대부분은 자신에게 주어진 일이 있겠지만, 그들 개개인의 역할이 모여 하나의 큰 집단의 성과를 만들어내는 것이 조직 생활의 기본이다. 이러한 특성에 비추어 볼때 일정 수준의 기준을 통과해 입사한 개개인에게 자신이 원래 잘하던 일을 한다는 것이 얼마나 중요할까. 그리고 오로지 자신이 잘하는 일만 하면 되는 조직이 있기나 할까.

일을 특출나게 잘하면 상사한테 사랑을 받을 수 있다거나, 그일을 더 편하게 할 수 있긴 하겠다. 하지만 고작 그 정도뿐이라면 잘하는 일을 한다는 게 무슨 큰 매력이 있나 싶다. 오히려 부족한 능력을 채워줄 수 있는 직장 생활의 지혜가 우리를 자신이 속한 집단에 더욱 필요한 사람으로 만들기도 하니까 말이다.

그렇다면 차라리 잘하는 일보다는 좋아하는 일을 하는 게 보다 생산적인 에너지를 만들어낼 수 있지 않을까. 예를 들어 내가 힘든 상황에 처했을 때를 가정해보자. 살면서 실패하고, 좌절할 일이 얼마나 많이 있나. 좋아하는 일을 하는 사람이라면, 다른 어떤 이유보다도 좋아하는 일을 하고 있다는 사실만으로 자신이 직면한 실패와 좌절을 극복하고 계속 앞으로 나아갈 수 있다. 그렇기 때문에 과거의 상처를 이겨내고 더욱 단단해질 수 있는 것이다. 반대의 경우엔 스스로를 질책하고 후회할 뿐이다. 어떠한 상황이나 결과에 맞닥뜨리기 이전에 이미 자신감과 확신이 결여된 상태로 일을 한다면 과연 무슨 일이 제대로 풀리겠는가.

무엇보다 나는 무언가를 좋아한다면 결국 잘하게 될 거라고 믿는다. 정말로 좋아하는데 잘하지 못한다는 말이 오히려 이해가 가지 않는다. 어릴 적부터 대부분의 사람들은 좋아하는 것만 하려는 성향을 가지고 있고, 그래서 좋아하는 건 좋아하지 않는 다른 일들에 비해 상대적으로 잘하게 된다. 바로 그것이 개인의 특기가 된다.

그런데 나이를 먹어감에 따라 점점 모든 분야가 더 세분화되고 전문화되어간다. 그래서 운동을 하느냐, 과학을 하느냐 중에서 하나를 선택했던 사람이 이제는 운동 중에서 축구 선수를 하느냐, 농구 선수를 하느냐를 선택해야 하고, 더 나아가 직업 선택의 시간과 직면했을 때 운동을 계속해야 하느냐, 아니면 그만두고 다른 일을 찾아야 하느냐 중 하나를 선택해야 하는 것이다. 결국 밥벌이를 위한 직업 선택 앞에 놓였을 때 자신이 좋아하는 일에 대한 확신이 없으면, 그냥 포기해버리고 만다.

나 역시 그러한 결정의 순간과 수없이 마주했다. 그때마다 이것저것 재고 계산하기보다는 내가 조금이라도 더 좋아하는 일을 선택하려 했다. 가끔 이런 생각을 하기도 한다. 내가 비슷한 정도로 좋아했던 다른 일을 선택했다면 지금의 나는 어떤 모습이었을까. 로버트 프로스트의 〈가지 않은 길〉이라는 시도 있지 않은가. 하지만 선택 앞에서 두려워할 필요는 없다. 설령 과거의 선택이 잘못됐다는 걸 나중에 알게 된다고 하더라도, 그 열정이 진심이었다면 언제든지 다시 시작할 수 있다. 그리고 모든 일은 언제다시 시작하더라도 결코 늦지 않는다는 사실을 기억해야 한다.

간혹 잘하는 일과 좋아하는 일의 격차가 크지만, 과감하게 좋아하는 일을 선택한 친구들을 본다. 잘하는 걸 선택했다면 훨씬더 편했을 것이고 눈에 보이는 성과 역시 컸을 텐데, 그러지 않아 아직까지 헤매고 있는 경우도 더러 있다. 그들에게는 이렇게말해주고 싶다. 자기가 좋아하는 일에 잘하는 일을 활용할 수 있는 방법을 찾아야 한다고. 만약 혼자서 하기 힘들다면 방향을 잡아줄 수 있는 좋은 파트너를 찾아야 한다고.

실제로 주변에 어떤 한 분야에서 인정받는 사람들을 보면, 그들이 원래 무엇을 잘했는지를 짐작할 수 있다. 예를 들어 일본의 추리소설 작가 히가시노 게이고는 전기공학을 전공하고 엔지니어로 일하다가 틈틈이 소설을 써서 작가가 된 경우다. 결국그는 자신이 하고 싶은 소설을 쓰면서, 소설 곳곳에 자신이 예전에 잘했던 과학 지식을 충분히 활용해 최고의 베스트셀러 작가가 되었다. 또 자신이 선택한 분야에서 성공하지 못했다가도 누군가의 조언을 통해 다른 분야, 혹은 같은 분야 안에서 포지션이나 역할만을 바꾸어 자신의 새로운 능력을 인정받게 되는 경우도 있다. 이승엽, 이대호, 추신수, 왕정치, 베이브 루스, 그리고 김성한까지. 투수 출신이지만 타자로 전향해 성공한 야구 선수들도 많다.

그러니 자신이 좋아하는 일을 선택했다고 해도, 잘하는 일을 무작정 버릴 필요는 없다. 자신이 좋아하는 일에서 만족할 만한 결과가 나오지 않는다면, 거기에 자신이 잘하는 일을 적용할 수 있는 방법을 꼭 찾길 바란다. 그리고 그런 일을 도와줄 만한 사람이 있다면 꽉 붙잡고 내 편으로 만들어야 할 것이다. 그것이 좋아하는 일을 더 잘하기 위해, 당신이 반드시 좋아하고 잘해야 하는 일이다.

22

아웃사이더가
아웃라이어가
되려면

아웃사이더의 사전적 정의를 보자.

아웃사이더(outsider) : 사회적, 경제적, 법률적으로 일정한 테두리가 설정되어 있
는 경우에, 그 테두리 밖에 있는 자.

어떻게 보면 멋진 말 같지만 사회 통념상 아웃사이더는 쉽게
말해서 외톨이고, 왕따다. 혼자 밥을 먹고, 혼자 책을 읽고, 혼자
노래하고, 혼자 여행을 가고, 혼자 술을 먹다 혼자 취해서 잠이
드는, 집단이라는 울타리 밖에서 혼자 행동하고 살아가는 이. 내

이름에서 알 수 있듯 나 역시 아웃사이더의 삶을 살았다.

솔로 활동을 하다 보니 스케줄 때문에 이동하는 차 안에서도 혼자였고, 방송국 대기실에서도 혼자였고, 무대 위에서도 무대 아래서도 언제나 혼자였다. 유년 시절에는 활발하고 적극적인 성격 덕분에 항상 주위에 많은 친구들이 있었지만, 중학교 3학년 시절에 반 여학생들한테 단체로 왕따를 당했던 적도 있었다. 대학교 때는 혼자 밥 먹고, 혼자 책 보고, 혼자 수업을 빼먹고 옥상에 올라가 음악 듣고, 혼자 가사를 쓰는 시간이 더 편했다. 한 살 한 살, 나이를 먹어가면서 나의 적극적인 성격들은 오히려 내가 하고 싶은 것만 하게 만들었고, 괜한 주변의 관심이 오히려 부담스럽고 불편하게 느껴지기 시작했다. 그래서 점차 세상으로부터 스스로를 고립시켜나갔고, 그런 나는 어떤 측면에서 아웃사이더가 분명했다.

그런데 언제부턴가 신문이나 책에서 아웃라이어라는 말이 자주 눈에 띄기 시작했다. 사전에서 찾은 아웃라이어의 뜻은 이랬다.

아웃라이어(outlier) : 1. 집 밖에서 자는 사람[동물], 임지(任地)에 살지 않는 사람, 영외 거주자. 2. 본체(本體)를 떠난 물건, 분리물. 3. 국외자, 문외한.

말콤 글래드웰의 책 《아웃라이어》에서도 작가는 아웃라이어에 대한 원래 뜻을 소개하고 있지만, 이 책에서는 아웃라이어가 상위 1퍼센트, 그러니까 보통 사람들의 범주를 뛰어넘은 특별한 사람을 의미한다고 밝힌다. 이 책이 출간된 이후 아웃라이어라는 말은 대개 그런 맥락에서 사용되고 있는 듯하다. 예를 들어 빌 게이츠, 워렌 버핏, 비틀즈, 아인슈타인, 에디슨 등 돈이든 명예든 유무형의 무엇이든 남들과 비교할 수 없는 독보적인 영향력을 가지고 최고의 결과를 만들어낸 사람들을 아웃라이어라고 지칭한다.

비교해보면 사전적 의미에서는 아웃사이더와 아웃라이어가 크게 다르지 않다. 두 단어 모두 선상 바깥에 있는 사람을 일컫는다. 그런데 사회적 맥락에서 사용되고 있는 의미는 판이하게 다르다. 아웃사이더가 외톨이, 왕따라면, 아웃라이어는 비범한 천재인 것이다. 나로서는 그 공통점과 차이점을 지켜보는 것이 꽤 흥미로운 일이었다.

사실 둘의 차이는 시각과 시점의 차이에서 시작된다. 하지만 남들과는 다르다는 지점에서 생각을 멈추지 않고, 스스로에 대한 믿음과 자신감을 갖고 피나는 노력을 하면 아웃사이더도 아웃라이어가 될 수 있다. 그러니 현실의 나는 혼자이고 왕따라고 해도, 그것이 내가 남들보다 부족해서가 아니라 남들과는 다르게 특별하기 때문이라고 생각할 필요가 있다. 아웃사이더는 외톨이지만, 그렇기 때문에 아웃라이어가 될 가능성도 크다. 일단 남들과 다르기 때문이다.

우선 나는 자신의 상처와 아픔을 온전히 받아들이는 것이 아웃사이더에서 아웃라이어가 될 수 있는 첫 걸음이라고 생각한다. 우리는 타인에게 피해를 주기 싫어하고, 누구에게 도움을 요청하거나 자신의 부족한 부분을 드러내 보이는 것을 부끄러워하고 싫어한다. 강한 척, 있는 척, 가진 척, 착한 척, 예쁜 척, 남자다운 척을 하느라 실제 자신의 모습도 모르는 타인의 시선에만 신경 쓰면서 속이 텅 빈 삶을 살아간다. 나도 마찬가지였다. 내 상처를 타인에게, 누군가에게 꺼내 보이기 전까지는 나도 그런 부정적인 의미의 아웃사이더에 불과했다.

하지만 나는 그런 아웃사이더의 의미에 대해서도 제대로 인식하지 못한 채 누구보다 열심히 노력했다. 365일 만성 비염을 달고 살아서 코로 숨도 제대로 쉴 수 없고, 혀도 제대로 말리지 않는 열성 유전자에, 시옷 발음이 새서 친구들에게 놀림을 당했지만, 그냥 닥치는 대로 무식하게 연습하고 또 연습했다. 코가 막혀 입만으로 숨을 쉬기 위해 주말마다 한강 고수부지에서 하프 마라톤을 뛰며 랩 연습을 했고, 깨어 있는 시간에는 눈에 보이는 세상의 모든 단어들을 발음했다. 안 되는 발음이 있으면 될 때까지 발음해서 기어코 자연스럽게 발음할 수 있게 만들었다. 잠자는 시간조차 아까워 하루 세 시간씩 자던 시절도 있었다. 그렇게 있는 힘껏 열심히 했다고 자신 있게 말할 수 있지만, 주변을 둘러보니 나뿐만이 아니라 모두가 열심히 하고 있었다. 열심히만 해서는 안 된다는 걸 그제야 깨달았다.

그래서 잘하는 사람이 되어야겠다고 결심했다. 나 말고도 열심히 하고 있는 사람들이 많다고 실망하고 좌절할 것이 아니라, 정말로 잘하는 사람이 되어야겠다고 생각했다. 내가 가진 에너지를 집중해서 노력했고, 그 결과 나는 남들이 말하는 잘하는 사람이 되었다. 하지만 그것만으로도 부족했다. 주변을 둘러보니 모두가 잘하는 것이었다. 노래도 잘하고, 춤도 잘 추고, 곡도 잘 쓰고, 심지어 잘생기기까지 했다.

그래서 또 생각했다. 열심히, 잘, 다른 걸 해야겠다고. 나만이 할 수 있는 걸 하자고. 그래서 속사포라는 미개척 분야의 랩을 연구해 이 영역을 개척했다. 하지만 세상의 시선은 내 생각과는 달랐다. 남들과 달라서 신선하다고는 하나 호불호가 심하게 갈렸다. 그때 다시 한 번 결심했다. 단순히 열심히, 잘, 다른 걸 하는 데 그치지 않고, 모두에게 인정받을 수 있도록 확실하게 하자고. 그 후로 시간이 얼마가 걸리건 상관없이 오로지 속사포 랩에 내 모든 것을 쏟아부었고, 그렇게 내 20대의 전부를 살았다. 그러고 나니 어느 순간 주위의 많은 사람들에게 인정을 받게 되고, 무엇보다도 나 스스로 흔들리지 않는 굳은 자부심이 생겼다.

"열심히, 잘, 다른 걸, 확실하게!" 하지만 인생이라는 건 결코 만만하지 않았다. 내 의지대로만 풀리는 법이 결코 없다. 예상치 못했던 불가항력적인 사건이나 상황으로 인해, 혹은 자신이나 타인의 조그만 실수로 인해 뜻하지 않는 위기에 봉착할 때도 있었다. 열심히, 잘, 다른 걸, 확실하게 하고 나니 많은 사람들에게 인정과 사랑을 받았고 내가 원하던 세상과의 소통을 할 수 있게 되었지만, 나는 그 행복에 취해 쉼 없이 무리하게 활동했고 결국 성대결절에 걸려 더 이상 노래를 할 수 없는 상황이 왔다. 재기하려고 노력했지만 쉽지 않았다. 그래서 결국 군대에 입대했고 그곳에서 내 지난 시간을 되돌아볼 수 있는 기회를 가졌다.

생각해보면 지금 잘되고 있다고 해도 언제 추락할지 모르는 게 삶이고, 밑바닥을 기고 있다 하더라도 언제 다시 위로 솟구쳐 오를지 모르는 것이 삶이다. 때문에 잘 풀리고 있다고 자만해서도 안 되고, 아무리 힘든 상황이라 하더라도 결코 좌절하거나 포기해서는 안 된다. 내가 할 수 있는 일은 결국 롤러코스터와 같이 오르락내리락 반복하는 힘겹고 어지러운 삶 속에서도 그저 묵묵히, 조금씩 앞으로 나아가는 것뿐이다.

"열심히, 잘, 다른 걸, 확실하게" 하는 것만으로는 부족하다. 자만과 포기 없이 꾸준히 내 길을 걷기 위해선 그 모든 걸 즐기면서 해야 한다. 즐겁게 일하지 않으면 원하지 않은 결과와 마주섰을 때 다시 일어설 수 있는 용기가 생기지 않는다. 즐거움이야말로 내 일을 "열심히, 잘, 다른 걸, 확실하게" 할 수 있는 최고의 원동력인 것이다.

나는 아웃사이더가 아웃라이어가 될 수 있는 1만 시간의 법칙
의 방법론을 한마디로 이렇게 설명하고 싶다. "열심히, 잘, 다른
걸, 확실하게, 즐기면서" 하라고. 나 역시 그렇게 하기 위해, 그
렇게 되기 위해 모든 것을 걸고 10년 이상의 시간을 투자해왔다.

part

X

Four

X

소통이 어렵다고
포기하면 안 된다

곰곰이 생각해보면 내가 파충류와 소통할 수 있었던 건

우리가 서로 전혀 다른 존재임을 확실히 인식했기 때문이다.

하지만 사람을 대할 때는 그러지 못했다.

내가 생각하고 느끼는 걸 타인도 비슷하게 생각하고 느낄 거라 착각했다.

하지만 파충류와 인간 사이의 거리만큼이나 나와 타인 사이의 거리도 멀었다.

23

참을 수 없는
소통의 어려움

　사람을 대할 때 기술적인 방법을 찾는 것만큼 어리석은 일은 없다. 단 한 가지 방법이 있다면, 그건 매 순간 진심으로 상대방을 대하는 것뿐이다. 누군가와 소통을 원한다면 먼저 이해해야 하고, 이해하기 위해선 상대방을 있는 그대로 인정해야 하며, 인정하기 위해선 내 진심을 먼저 꺼내놓아야 한다. 이것이 내가 살면서 깨달은 유일한 방법이다.

　가수로, 창작자로, 그리고 한 회사의 대표로 살아왔다. 이룬 것 이상으로 많은 것을 잃었다. 여덟 장의 음반을 내서 번 돈으로 그보다 더 많은 가수들의 앨범을 제작했다. 누군가와 같은 곳

하지만 이제 두 번 다신 너와 마주치고 싶지 않아
불행하지도, 행복하지도, 아파하지도 말아
넌 분명 감정조차 느끼지 못하는
고독함이란 감옥 속에서 평생토록 혼자 살아

Bye U, 3.5집 Rebirth Outsider

을 바라보고 걸어가는 일이 얼마나 힘든 일인지 지금은 누구보
다 잘 안다. 그 사실을 미리 알고 있던 주변의 많은 사람들은 내
가 회사를 만든다고 했을 때 나를 뜯어 말렸다. 물론 나 역시 끊
임없이 흔들렸다. 그럼에도 나는 분명 이 길이 그 어떤 것보다
의미 있고 가치 있는 일이라고 스스로를 설득하면서 지금껏 걸
어왔다. 힘든 상황일수록, 열악한 환경일수록 더욱 세게 나를 몰
아붙였다. 언젠간 될 거라고, 반드시 할 수 있을 거라고 믿었다.
그 시간을 이겨낸 후 얻게 될 성장과 성취감을 위해 오늘을, 그
리고 내일을 살았다.

　소통, 소통, 소통. 내 삶의 목표는 늘 소통이다. 하지만 소통이
쉬웠던 적은 한 번도 없었다. 진심어린 소통이라고 믿었던 것들
역시 진실을 감춘 채 다른 모습으로 포장되는 경우가 많았다. 때
로 내가 전하고자 했던 진심은 타인이 처한 상황에 따라 완전히
다른 모습으로 비춰졌다. 간절히 원했던 소통이 불가능함을 깨
달을 때마다, 단절과 직면할 때마다 나는 내가 살아온 삶의 방식
이 통째로 흔들리는 혼란을 겪어야 했다.

　나와 당신은 다르기에, 누가 옳고 그르다는 판단은 하고 싶지
않았다. 그게 가능하다고도 생각하지 않았다. 하지만 분명한 건
서로 미안하다는 말 한마디면 유지될 수 있었던 그동안의 진심
들이 알량한 자존심 덕분에 모두 거짓이 되기도 한다는 사실이
다. 욕하고 싶지도, 원망하고 싶지도, 그리고 그럴 가치도 없지

만, 여전히 내가 듣고 싶은 건 "미안하다"라는 단 한마디 말이다.

꼭 해주고 싶은 말이 있다. 나는 당신의 미래를 책임져줄 수 있는 사람이 아니다. 당신도 나의 미래를 책임져줄 수 없다. 자신의 꿈과 소망과 미래는 스스로 만들어가는 것이다. 설령 당신과 내가 그 어떠한 이유에서 더 이상 뜻을 함께하지 못하게 된다 하더라도 각자의 길에서 자신의 미래를 만들어가기 위해 노력한다면, 언젠가 우리는 반드시 다시 만나게 될 것이다. 나는 누군가의 미래를 책임져줄 순 없지만, 누군가의 열정을 책임질 수 있는 사람은 되고 싶다. 그리고 그 열정은 결코 타인을 위해서나 타인에 의해서가 아닌, 자신을 위한 것일 때만이 진정 그 가치가 빛을 발할 거라고 확신한다. 자신만의 열정과 용기를 가지고 있는 이들이라면 어디에서 무슨 일을 하건 간에 나는 그들을 늘 응원할 것이다.

많은 이들과 함께했지만, 원치 않는 가슴 아픈 이별도 많았다. 내가 누군가의 원망의 대상이 되기도 했다. 생각해본다. 과연 아름다운 이별이란 세상에 존재할 수 없는 걸까? 이건 아마 내가 평생 풀어야 할 숙제일 것이다. 언젠가 시간이 흐르고 서로가 조금이나마 이해하고 인정할 수 있게 됐을 때, 그게 언제가 됐건 꼭 말해주고 싶다. 미안하다고. 끝까지 함께하지 못해서.

24

발음이 바뀌면
삶이 바뀐다

언어를 통해 소리를 내는 모든 가수들이 그렇겠지만 특히나 일상적인 말보다 빠르게, 그리고 운율을 살려서 언어를 뱉어내야 하는 래퍼들은 발음과 악센트를 통해 구현하는 표현력에 대해 상대적으로 더 예민할 수밖에 없다. 더군다나 빠른 속도로 혀를 튕기는 텅 트위스팅을 하는 속사포 래퍼인 나는 상대적으로 더욱 빠른 랩을 하기 때문에 보다 더 정확하게 발음해야 한다는 강박관념을 가지고 있다.

대부분 이렇게 빠른 랩을 하는 경우 발음하기 쉬운 어휘들을 위주로 선택해서 가사를 쓰거나, 다 쓰인 가사에서 발음이 잘 안

되는 단어들을 발음하기 쉬운 단어들로 수정해서 랩을 하기도
한다. 하지만 나는 그게 너무 싫었다. 내가 전달하고 싶은 감정
과 이야기를 하는 데 있어서 표현에 타협을 보고 싶지 않았다.
단어 하나, 문장의 작은 변화 하나에 내가 전하고자 했던 메시지
가 어떻게 변하고 바뀔지 모르기 때문이다. 그래서 우선적으로
하고 싶은 이야기를 있는 그대로 내 안에서 다 끄집어내는 작업
후에, 그 발음의 난이도와 상관없이 어떻게든 발음이 되게 만들
고 나서야 작사 작업을 완성했다.

　잘 되지 않는 발음이 있으면 될 때까지 수백 수천 번씩 연습
했다. 그 시간이 길어질수록 발음할 수 없는 발음은 없다는 것을
증명하고 싶은 오기가 생겼다. 발음 훈련은 일상생활에서도 꾸
준히 이루어졌다. 아니, 일상생활에서의 자연스러운 훈련이 자
신도 모르는 사이에 발음을 바꾸고 개선하는 데 가장 좋은 역할
을 했다. 특별히 어려울 것 없는 훈련이었다. 어디를 가건, 어디
에 있건 눈에 보이는 것은 습관적으로 읽고 소리 내서 발음하는
연습을 했다. 데뷔 전 다양한 예능 프로그램들에 나와서 장기삼
아 보여줬던 것처럼 실제로 지하철을 기다리며 노선도에 적힌
역들을 빠르게 읽는 연습을 하거나, 식당에 가서 메뉴판을 보면
서 메뉴를 빠르게 읊는 연습을 하기도 했다. 신문을 보다가도 빠
르고 정확하게 읽는 연습을, 책을 보다가도 크게 소리 내서 읽는
연습을 했다. 도시를 가득 채운 수많은 간판들을 하나씩 읽어가

며 거리를 걷기도 했고, 서점에 가서도 처음 보는 분야의 용어들
로 가득한 전문 서적들을 재미삼아 읽기도 했다.

이러한 연습의 가장 좋은 점은 특별히 시간을 내지 않아도 일
상 어디에서나 할 수 있다는 것이다. 그리고 그렇기 때문에 무
엇보다 부담 없이 편하게 연습할 수 있다. 가끔 아나운서 지망생
들이나 함께 방송 출연을 한 전문 방송인들이 나에게 발음에 대
한 자문을 구하는 경우가 있다. 볼펜을 물고 연습을 한다거나 '경
찰청 철창살'과 '내가 그린 기린 그림'을 수도 없이 반복하는 등
특별한 연습 방법이 있는지 물어볼 때마다, 나는 일상에서 답을
찾을 수 있다고 말한다. 방법은 간단하다. 일상에서 찾거나, 일
상을 바꿔버리면 된다. 일상의 변화만큼이나 자연스럽고 효과
적으로 자신을 바꿀 수 있는 것은 없다. 일상에서 마주하는 수많
은 단어와 문장들을 자연스럽게 접하고 읽거나, 한정적이라고
느껴지는 자신의 일상을 좀 더 다양한 경험들에 노출시키는 것
이 그 답이 될 수 있다.

나 역시 일상에서의 연습을 게을리 하면 발음이 안 좋아지는
것을 확연히 느낀다. 2년간 군대를 다녀오면서 '다, 나, 까'로 통
일되는 종결어미와 형식적인 말투들로 대화를 하다 보니 사용
하는 어휘의 폭이 현저하게 좁아졌다. 그래서 예전에 쉽게 부르
고 발음했던 내 노래에도 지금은 발음이 어렵게 느껴지는 단어
들이 있다. 환경이 바뀌면 발음이 바뀌는 단적인 예다. 그러니까

발음 훈련은 일상생활 속에서 꾸준히 해야 한다. 마찬가지로 자신의 발음이 바뀌면 반대로 주변 환경이 바뀔 수 있다는 데서 긍정적인 요인을 발견할 수 있다. 부족한 발음에 대한 스트레스가 사라지고 다양한 어휘들을 다양하게 발음하고 표현할 수 있게 될수록 스스로에 대한 자신감이 생긴다. 그러한 자신감은 곧 더욱 다양한 사람들을 만나고 그들과 자연스럽게 대화할 수 있는 용기를 갖게 해준다. 발음이 바뀌면 삶이 바뀐다. 단순하지만 명확한 그것이야말로 내 발음 철학이다.

　작업을 할 때도 이러한 부분들이 나타난다. 힙합 음악을 하는 사람들은 조금 더 솔직하고 직설적이며, 과감한 표현이나 다양한 비유를 많이 한다. 그래서 다른 장르의 보컬들은 래퍼가 쓴 가사를 발음하고 부르는 것을 상당히 어려워한다. 평소에 잘 불러보지 못한, 발음해보지 않은 단어들이 가사에 많기 때문이다. 발음에 신경 써서 불러봐도 입에 잘 붙지 않기 때문에 웬만큼의 연습 없이는 의도했던 느낌과 다른 어색한 결과물이 나올 때가 많다. 그때마다 보컬들은 가사나 일부 단어를 수정 요청하지만, 가사를 쓴 작사가의 입장에서는 어휘에 대해서는 타협을 보고 싶어 하지 않는다. 특히나 나같이 발음에 민감한 사람이라면 더더욱 연습하면 된다는 걸 알기 때문에 될 때까지 요구하고 싶은 마음이 굴뚝같지만, 끝까지 내 고집을 부리는 건 쉽지가 않다. 녹음 현장에서 가수와의 자연스러운 소통이 곧 좋은 결과물로 이어진다는 걸 잘 알기 때문이다. 작업을 원활히 진행해서 가장 만족스러운 결과물을 만들어내야 하니까. 결국은 이러한 상황 때문에 어쩔 수 없이 타협한 결과물을 들어보면 스스로 원하던 만큼의 감정과 의도가 반영되지 못해 두고두고 안타까워하며 후회한다.

나는 이러한 발음의 제한과 창작 단계에서부터 나타나는 주제 및 소재에 대한 협소함이 외국 아티스트와 우리나라 아티스트들의 표현력의 차이를 결정짓는 가장 큰 이유라고 생각한다. 외국의 음반을 들어보면 주제 선정에서부터 사용하는 어휘의 폭과 표현력, 발음 등이 국내 아티스트들과 현저하게 차이가 난다. 경험하지 않은 것을 말하는 것에 대해 스스로 어색함을 느낀다면, 그걸 받아들이는 청자들이 느끼는 어색함은 배가되는 것이 당연하다. 외국 아티스트의 경우 어릴 적부터 노래하고 춤추고 랩하고 말하고 흥얼거리는 게 삶의 일부였다가 그 재능을 발견한 제작자를 만나 자신의 장점을 더욱 계발시켜서 음악을 업으로 삼고 살아가는 사람들이 많다. 반면에 국내에서는 최대한 습관이 없는 백지 상태의 어린아이들을 뽑아 프로듀서가 원하는 색깔과 방향을 주입하고 오랜 연습생 기간 동안 트레이닝을 시켜 가수로 데뷔하게 되는 경우가 대부분이다. 거기다 외국 음악 시장과는 다르게 창작, 유통, 홍보, 마케팅, 공연, 방송 활동 등 전반적인 분야에서 그 방법이 상대적으로 일률적이다. 또 일부 대형 기획사들과 유명 작곡가들이 방송 출연이나 음원 차트를 점령하고 있는 독과점 형태의 구조이다 보니 회사 입장에서도 그들이 정해놓은 흥행 공식에 따라 콘셉트를 정하고, 그에 맞게 트레이닝을 시키고, 레퍼런스를 따라 음악을 만들고 있는 실정이다.

물론, 아직 경험이 부족한 어린 친구들 중 자신이 진정 하고 싶은 음악 색깔이나 스타일이 잡혀 있는 경우는 현실적으로 드문 것이 사실이다. 하지만 회사나 기획자 입장에서 가수 자신이 하고 싶은 것, 잘할 수 있는 것을 반영하기보다는 상업적인 흥행 공식에 맞게 정해져 있는 틀 안에 회사의 색깔을 그대로 입히려고 하는 것이 가장 큰 문제다. 그러니 주제도, 느낌도, 단어도, 표현도 비슷한 음악들이 비일비재하고, 이 노래가 이 노래 같은, 그래서 예전처럼 한 노래가 몇 주 동안, 몇 달 동안 차트에 남아 오랜 시간 사랑받는 경우가 사라져버린 것이다.

그런 측면에서 군 복무를 마치고 3년 만에 컴백을 준비하면서 보컬리스트 이수영과 함께한 작업은 무척이나 인상적이고 특별했다. 수영 누나는 힙합 뮤지션이나 타 장르의 아티스트와 작업을 해본 석이 거의 없다고 말했다.

워낙 자신의 색깔과 감정이 뚜렷해서 그랬을지도 모르지만 아웃사이더가 왜 자신을 섭외했는지 녹음실에 오는 그날까지도 의아했다고 했다. 녹음실 안에서의 그녀는 장르와 영역을 떠나서 완벽한 프로였다. 특히 발음과 표현에 있어서는 함께 작업해 왔던 그 어떤 가수들보다도 섬세하고 예민했으며 노련했다. 처음 접하는 템포의 멜로디와 가사를 부르는데도 전혀 어색한 느낌이 없었다. 발라드와는 완전히 다른, 힙합에서만 쓸 수 있는 독특한 허밍과 여음구까지 매우 자연스럽게 처리했다. 오히려 나와 작곡가 형이 의도했던 느낌보다 훨씬 잘 나온 것 같았다. 녹음된 파일들을 모니터링한 후 몇몇 부분의 자음을 좀 더 세게, 또 몇몇 부분의 모음을 좀 더 눌러서 불러달라고 디테일하게 요구하면 누나는 그 자리에서 바로바로 노래에 반영해주었다. 영광스러운 작업이었기에 더욱 조심스러운, 그래서 더욱 걱정되는 작업이 누나의 노련함과 여유로움 덕분에 굉장히 수월하게 끝날 수 있었다.

녹음을 마친 후 얘기를 나눠보니 누나도 라디오 DJ를 하면서 낭송이나 내레이션 작업을 할 기회가 많았다. 그러니 감정을 표현하는 데 있어 발음의 중요성에 대해 오랜 시간 많은 고민을 해왔다. 당연히 연습도 많이 했을 것이다. 경험과 연습에 관심이 더해지니 언어에 감정을 담는 깊이가 다를 수밖에 없었다. 누나의 그런 고민과 습관은 노래할 때뿐만 아니라 평소에 대화를 주고받을 때도 많은 긍정적인 에너지를 뿜어내고 있었다. 누나는 어떤 상황에서건 자신의 생각과 감정을 정확하게 표현하고 전달할 줄 알았다. 무엇이 마음에 들고 무엇이 불만족스러운지 세

밀한 부분까지 소통하면서도 기분 나빠하거나 상대방에게 위화
감을 주지 않았다.

그런 그녀의 에너지에 이끌린 나는 누나에 대해 더 많이 이
해하고 싶고 더 많이 알아가고 싶다는 생각이 들었다. 대선배이
기 때문에 대하기 어렵고 깐깐할 거라고만 생각했던 선입견은
함께 작업을 하면서 보기 좋게 깨지고, 음악을 매개로 보다 끈
끈하게 서로 가까운 사이가 되었다. 다시 한 번 내게 소통의 설
렘을 선물해준 그녀와 그녀의 목소리, 그녀의 짙고 진한 감성에
감사드린다.

25

내 모든 걸
소진시킨
단절의 시간

전역 후 세상에 나와 보니 많은 것이 달라져 있었다. 어느 정도 알고는 있었지만 나와 함께 일하던 스태프들이 거의 다 회사를 떠났고, 소수의 스태프만이 남아 있었다. 회사가 재정적으로 힘들어서 스태프들을 줄였다는데 그걸 탓할 수는 없었다. 언더 그라운드 시절부터 어느 정도는 혼자 일하는 데 익숙해진 터라 크게 당황하지도 않았다. 이번에도 결국 내가 잘하면 된다고, 나부터 잘하면 회사에서 금방 스태프들을 다시 고용하고 지원해 줄 거라고 생각했다.

예상했던 것보다 회사의 지원은 더 열악했다. 군 복무를 하는

2년 동안 많은 것과 단절되어 있었기 때문에 소통이 잘 안 되어서 그런 건지, 단순히 회사가 힘들어졌기 때문에 그런 건지 알 수가 없었다. 컴백에 대한 부담으로 너무 예민해진 탓도 있었다. 또 내 회사의 직원들과 아티스트들까지 먹여 살려야 한다는 책임감도 컸기에 더 큰 압박으로 다가왔다.

오랜 시간이 지났는데 아직도 사람들이 내 음악을 좋아해줄까? 나에 대한 기대감이 여전히 남아 있을까? 단절된 시간 동안 내 감성은 어떻게 변했을까? 더욱 깊어졌을까, 혹시 나도 모르는 사이에 내 안이 텅 비어버린 건 아닐까? 내가 감을 잃어버린 건 아닐까?

여러 의문과 걱정이 머릿속을 가득 채웠다. 모든 상황이 답답했다. 그런 와중에 내가 몰랐던 사실들이 하나둘 드러났다. 지난 시간들에 대한 황당한 상황들을 접했다. 이걸 어떻게든 해결해야 했지만 소통은 여전히 되지 않았다.

그렇게 시간은 계속 흘러갔고, 결국 회사와 나 사이엔 돈보다도 더 중요한 신뢰가 깨졌다. 결국 회사와 법적 분쟁까지 가게 되었다. 그동안 나는 군 복무를 마쳤고 결혼을 했다. 내 인생에서 가장 크고 중요한 일들을 치르는 사이 많은 것들이 변했다. 그런 변화 속에 내 자신을 우겨 넣고 어떻게든 그 안에서 내 영역을 다시 만들어가야 하는 상황에 소속사와의 법적 분쟁이라는 극단적인 상황까지 겹쳤다. 하필이면 이런 시기에 컴백이 이루어졌다. 좋은 환경에서 활동을 해도 너무나 힘들었을 컴백 활동에 법적인 문제라는 핸디캡까지 겹쳤으니, 부담감이 말이 아니었다.

담당 변호사는 법적 분쟁을 하고 있는 연예인의 경우 대부분 대중들의 시야에서 숨는 편을 택한다고 했다. 많은 사람이 연예인의 스캔들부터 사적인 부분까지 관심을 가지기 때문에 미디어에 노출되는 것 자체를 꺼린다는 것이었다. 하지만 나는 간절했고, 목말랐다. 내가 살아남을 수 있는 길은 이런 문제에 신경 쓰지 않고 활동을 통해 계속 좋은 모습을 보여주는 것뿐이라고 생각했다. 감당하기 벅찬 열악한 환경 속에서도 지난 단절의 시간을 노래로 만든 〈슬피 우는 새〉를 발표했고, 음원 차트 1위를 석권하며 많은 사랑을 받았지만 내 마음은 여전히 공허하고 혼란스러웠다.

생각과는 달리 세상은 냉정했다. 소송 과정이나 결과는 중요하지 않았다. 돈 때문에 자신을 키워준 형님을 배신했다는 이야기가 나돌고, 마침 컨트롤 대란 때 과거 내가 제작했던 동생들의 디스 곡이 나왔다. 엎친 데 덮친 격으로, 참여 중인 〈쇼미더머니 시즌2〉에서 크루의 수장이었던 메타 형님과 의견 충돌을 빚다 마지막 경연에서 최저 금액으로 탈락하는 사태까지 벌어졌다. 그러면서 모든 것들이 다 내 잘못인 것처럼, 아니 내 잘못이어야만 하는 것처럼 돼버렸다.

내가 겪은 지옥 같은 상황에 대한 입장을 구구절절 밝히고 싶은 마음은 없다. 잘잘못을 따지자면 세상에 잘못 없는 사람이 어디 있을까. 단절된 시간 동안 생긴 소통의 부재와 오해를 어떤 식으로든 해결해야 했지만, 그러기에 내 삶은 세상과 완전히 괴리되어 있었다. 이제 갓 사회로 돌아온 나는 그 괴리감을 줄일 몸과 마음의 여유가 없었다. 내게 가장 중요한 것은 나의 가정과 내가 꾸린 회사, 그리고 무엇보다 나 자신의 삶을 창작을 위한 삶으로 돌려놓는 데 있었다.

그런 내가 할 수 있는 건 꿋꿋이 활동을 이어나가는 것뿐이었다. 변호사의 말대로 소속사와 법적 분쟁 중인 가수에겐 활동 자체가 너무나 힘든 일이었다. 방송 출연과 매체와의 인터뷰에서는 물론, 팬들과의 소통에서도 늘 화두가 되는 것은 내 음악이 아닌 소속사와의 갈등이었다. 말하고 싶고 항변하고 싶었지만 침묵할 수밖에 없었다. 나는 소송을 처음 경험하고 있는 풋내기였다.

3년 만의 컴백은 설렘의 시간이 아니라 버팀의 시간이 되었다. 그런 와중에 〈불후의 명곡〉과 〈쇼미더머니 시즌2〉라는 두 경연 프로그램에 참여했다. 내 몸과 마음의 혼란들이 그대로 반영되어 극과 극의 무대들이 꾸며졌다. 열정과 욕심이 만들어 낸 퍼포먼스로 때로는 1등을, 때로는 최하점을 받기도 했다. 애써 강한 척했고, 애써 괜찮은 척했지만 사실 하나도 괜찮지 않았다. 나 자신에 대한 비난과 그들에 대한 적대감으로 나는 계서운하다고, 상처받았다고 말해야 했다.

왜 그랬냐고, 왜 나여야 했냐고 따져 물어야 했다.

그때 그 자리에서 그러지 못해서,

그게 쪽팔리고 무서워서,

너와 나, 세상과 나 사이의 강이

돌아올 수 없을 정도로 깊어졌다.

속 상처받고 있었다. 새로운 환경에서 새로 호흡을 맞추게 된 많은 사람들과의 아슬아슬한 관계도 불편하고, 불안하며, 부당하다고 느껴졌다.

더 이상 누군가의 이야기를 듣고 싶지 않았다. 내 어설픈 배려가 날카로운 칼날이 되어 나 자신을 찌를 것만 같은 트라우마가 생겼다. 눈과 귀를 닫고 혼자 있고 싶었다. 진흙탕 속을 뒹굴던 컴백 활동을 마칠 때쯤 모든 에너지가 완전히 고갈되었다는 느낌을 받았다. 공허했고 모든 게 소진돼버린 것 같았다.

경연 프로그램의 치열한 경쟁은 사람을 지치게 만들었다. 짧은 시간 안에 모든 걸 준비하는 과정도, 무대 위의 공연도 모두 너무 힘들었다. 그 안에서 나는 내가 할 수 있는 걸 다 끄집어냈다. 모든 경연 프로그램이 다 끝났을 때 내 안에는 아무것도 남아있지 않았다. 내 안에 가득한 것들을 모두 끄집어낸 게 아니라, 내 몸을 헤집고 들어가 내 안에 없던 것까지 싹싹 긁어서 억지로 끄집어낸 느낌이었다. 나는 몸도 마음도 완전히 고갈되었다.

그리고 무엇보다 내겐 사람에 대한 신뢰를 어떻게 지켜나가야 하는가에 대한 문제가 남아 있었다. 나와 가장 두터운 믿음을 쌓았던 사람들과의 신뢰가 깨졌으니까. 누군가에게 쉽게 정을 주는 것도, 또 정을 받는 것도 힘이 들었다. 내 마음의 공허함을 모두 꺼내놓고 풀 수 있는 대상이, 아무 말 없이 내 얘기를 들어줄 수 있는 누군가가 간절히 필요했다.

26

공허함을 채워준
나의 힐링샵

동네 마트 한구석에서 작은 도마뱀을 만났다. 그 녀석들은 밥 달라고 소리를 내지도, 사랑해달라고, 만져달라고, 잘 봐달라고 애교를 부리지도 않았다. 그러니 그저 보고 있는 것만으로 마음이 편해졌다. 바깥세상이 어떻게 생겼고, 어떻게 돌아가고 있는지 전혀 관심 없는 이 녀석들이 공허한 마음을 비집고 들어왔다.

조그만 도마뱀 두 마리를 기르기 시작했다. 마치 하굣길에 노란 병아리를 사서 키웠던 초등학생 때로 돌아간 것 같았다. 그때의 나는 집에 두고 온 병아리를 떠올리며 수업이 빨리 끝나기만을 기다렸고, 수업이 끝나면 친구들이 놀자는 것을 모두 뿌리치고 곧장 집으로 돌아왔다. 집에 들어서자마자 가방을 벗어던지고 조그만 종이 박스 안에서 모이를 쪼고 있는 노란 병아리를 가만히 쳐다보고 있으면 시간이 순식간에 흘러갔다.

도마뱀을 기르기 시작하면서 순수의 시절로 돌아갈 수 있었다. 마침 공허함으로 가득 찼던 방송 활동도 끝났고, 나에겐 아무것도 하지 않아도 되는 텅 빈 시간이 많아졌다. 그러면서 조금씩 마음이 편해졌다.

사람이건, 동물이건, 물건이건 마음이 가는 대상이 생기면 그것에 대해 하나씩 알아가고 싶은 마음이 생긴다. 초식인지 육식인지 잡식인지부터 시작해서 주행성인지 야행성인지, 사막형 도마뱀인지 정글형 도마뱀인지, 건계형 사육 환경이 필요한지 습계형 사육 환경이 필요한지, 주야간 온도와 습도, 개체별로 어떤 바닥재를 써야 하고, 하루에 필요한 자외선과 적외선 양과 먹이를 비롯한 칼슘과 비타민 등의 영양분은 어떻게, 얼마나 섭취해야 하는지 등에 대해 하나씩 알아가기 시작했다.

그러면서 도마뱀, 나아가 파충류에 대해 점점 더 깊게 알고 싶어졌다. 나는 인터넷을 뒤져 집 근처에서 가장 가까운 파충류 전문샵을 찾았고, 그곳에서 현재 내 삶의 일부를 공유하고 있는 소중한 사람들을 만났다. 등하굣길 학생들이 오가는 길목에 위치한 그곳은 생각했던 것보다 훨씬 작고 허름했지만 그 안에는 수많은 종류의 파충류가 있었다. 마치 작은 동물원이나 아쿠아리움에 온 것 같았다. 마트의 펫 코너와도 완전히 다른 느낌이었다. 이곳은 그냥 그들의 안락한 집 그 자체였다.

첫 방문 이후 나는 파충류에 대해 궁금할 때마다, 또 다양한 개체들이 보고 싶을 때마다 샵을 찾아갔다. 집에서도 책을 읽거나 영화를 보는 것 외엔 딱히 많은 시간이 필요한 취미가 없던 터라 점차 샵에서 보내는 시간이 늘어났다. 일주일에 네다섯 번은 그곳을 찾았고, 한번 가면 최소 두세 시간은 머물다 집으로 돌아왔다. 파충류들을 구경하고, 파충류를 보러 오는 다양한 사람들과 대화를 나누면서 보내는 시간이 즐거웠다.

샵 사장님과 직원들과도 친해졌고 이곳을 자주 찾는 파충류 애호가들과도 인연을 맺게 됐다. 파충류를 사랑하는 사람들과의 대화를 통해 그들에 대한 정보를 듣고 그들을 키우는 일상을 공유했다. 그런 시간을 보내는 동안 지쳐 있던 내 마음은 조금씩 위로받고 있었다. 나는 이 공간을 나만의 힐링샵이라고 이름 지었다.

다양한 사람들이 이곳을 찾았다. 호기심에 들어오는 초등학생과 중학생, 또 아이들의 손을 잡고 들어오는 나이 지긋하신 부모님들, 10년 이상 파충류를 키워오신 머리가 희끗한 할아버지와 태릉선수촌에서 온 운동선수, 몇 년째 남자 친구가 없어 외로워하는 회사원 등 서로 다른 사람들이 파충류를 사랑한다는 사실 하나만으로 공감대를 형성했다. 나는 파충류와 파충류를 좋아하는 사람들에게 둘러싸인 것만으로도 마음이 편해졌다.

파충류들은 내게 아무것도 바라지 않았다. 바라지 않으니 기대하지도 않고, 기대하지 않으니 조금만 특별한 행동을 해도 감동이었다. 그런 모습들을 바라보고 있으면, '돈 많이 벌어 회사를 키우고 직원들을 먹여 살려야 해! 이번에도 반드시 1위를 해야 해! 더 많은 사람들한테 인정받아야 해!' 등 의무적으로 각인된 내 안의 수많은 생각들이 더 이상 불필요해졌다.

자연스럽게 파충류에 대한 지식이 더 쌓이고 키우는 개체들의 종류와 양이 늘어갔다. 개체가 늘어나면서부터는 책임감을 가지고 준비해야 하는 것들도 점점 더 많아졌다. 단순한 호기심으로 이 녀석, 저 녀석을 키워볼 수 없었다. 이들은 분명 장난감이 아닌 생명체이고, 그런 만큼 확실한 책임감이 필요했다. 마음에 안 든다고 버리거나 반품할 수 있는 물건들과는 차원이 달랐다. 그래서 사장님은 관심과 열정이 가득한 나에게 항상 "천천히, 천천히"라고 말했다.

"한 번 더 고민하고 결정해요. 지금 키우고 있는 애에 대한 애정과 이해도가 확실해졌을 때, 그래서 그들에게 줘야 할 관심이 더 이상 아무 부담도 되지 않을 때, 그때 개체를 하나 더 늘려서 또 하나의 즐거움을 만들어가는 거예요. 그리고 그게 익숙해지면, 또 그때 가서 개체를 늘려요. 생명체를 키우는 일엔 책임감이 뒤따르는 법이죠."

 수익을 위해서라도 손님들에게 개체를 많이 분양하는 것이
좋은 게 아닐까, 라는 생각을 했지만, 사장님은 내가 원한다고
해도 준비가 안 됐다 싶으면 쉽게 분양해주지 않았다. 조금이라
도 고민하는 모습을 보일 때면 다음에 다시 와서 데려가라는 말
씀으로 나를 돌아보게 했다. 이런 평범하고 소박한 시간을 보내
는 동안 내 몸과 마음은 조금씩 치유되고 있었다.

27

파충류와도
소통하는데

지능이 낮은 파충류였기에 당연히 소통이 불가능할 거라 생각했지만 그건 착각에 불과했다. 먹이를 주고, 만져주고, 어떤 환경에서 어떻게 키우느냐에 따라 조그만 교감의 계기를 만들 수 있었다. 애초부터 기대하지 않았기 때문인지 그것이 가능하다는 걸 알았을 때는 기쁨이 배가됐다.

파충류 애호가들 사이에서는 파충류를 조금씩 만져주고 사람의 손을 타게 하는 과정을 핸들링과 테임이라고 부른다. 무작정 손만 타면 되겠지, 라는 안이한 생각과는 달리 핸들링을 할 때에도 사람과 파충류 사이의 호흡과 소통이 굉장히 중요하다. 너무

장시간 만져주면 개체가 스트레스를 받게 되고, 반대로 너무 안 만져주면 야성의 습성을 그대로 갖고 성장하게 된다. 과도한 핸들링은 개체를 아프게 하거나 죽일 수도 있고, 핸들링 없이 자란 개체는 사람을 공격하고 다치게 할 수도 있다. 그럴 경우 공존은 불가능해지는 것이다.

그러니 조금씩 지속적으로 만져주는 것이 중요하다. 개체와 나 사이의 거리를 적당히, 그리고 천천히 좁혀나가야 한다. 스트레스를 받지 않는 선에서 차근차근 길들이는 것이다. 핸들링을 할 때 최우선적으로 이해해야 하는 건 그들에겐 사람이라는 존재 자체가 큰 위협이 된다는 사실이다. 우리가 훨씬 더 크고 강한 개체라는 사실을 명심해야 한다. 그들이 사납게 군다면 그건 그들이 포악한 동물이어서가 아니라, 자신보다 큰 몸집을 가진 인간에게서 본능적으로 위협을 느끼기 때문이다. 특별한 경우를 제외하고는 그들이 강하고 포악하기 때문에 인간을 공격하는 게 아니라는 사실을 명확히 인지해야 한다.

그들의 두려움을 이해한 후에는 그들의 시야에 자주 나타나는 것부터 시작해야 한다. 처음에는 사육장 앞에 얼굴만 들이밀어도 깜짝 놀라 도망을 가다가도, 자연스럽게 자주 얼굴을 들이밀면 어느 순간부터는 놀라지도 않고 적이라고 인식하지도 않는다. 처음에는 그냥 그릇에 먹이를 놔뒀다면, 그다음에는 핀셋으로 먹이를 직접 줘보고, 그게 익숙해지면 맨손으로 주기 시작한다. 이렇게 그들과 나의 거리를 좁혀가는 과정을 거치면 개체들은 자연스럽게 인간을 친구나 먹이를 주는 어미처럼 인식한다.

인간과 파충류는 이렇듯 작은 노력으로 서로의 체온을 더 가까이에서 느끼며 가까워진다. 맨손으로 먹이를 줄 수 있게 되면, 마침내 손으로 직접 만질 수 있는 단계로 넘어간다. 아주 조금씩 민감하지 않은 부위부터 부드럽게 만져야 한다. 나 역시 처음에는 혹시 물리면 어떡하나 걱정을 많이 했다. 이들은 지능은 낮지만 본능은 대단히 발달해 있다. 그래서 자신을 대하는 사람의 감정을 본능적으로 알아챈다. 내가 두려워하거나 불안해하면 그들은 내 손을 물거나 꼬리를 친다. 본능적으로 서열을 판단하기 때문에 겁먹은 사람은 공격해도 좋다고 인식하는 것이다.

몇 번 물려봤는데 별로 아프지 않았다. 그러고 나니 그들을 만지는 데 자신감이 생겼다. 내가 너보다 강하다, 그렇기 때문에 부드럽고, 여유롭게 너를 만져줄 수 있다, 라는 느낌을 갖고 두려움 없이 만지기 시작했다. 신기하게도 내가 그렇게 다가간 뒤부터는 더 이상 나를 공격하지 않았다. 그러면서 조금씩 개체들을 핸들링 하는 시간을 늘렸다. 그들이 나를 신뢰하고 따르고 있다는 느낌을 받았을 때는 아예 사육장 밖으로 꺼내 안아주거나 몸에 달라붙게 했다. 힘들고 오래 걸리긴 했지만, 결국 소통이 가능해진 것이다.

조그만 개체들의 핸들링이 가능해진 후에는 더 크고 사나운

모니터나 테구 등의 대형종 도마뱀을 키우고 길들이기 시작했다. 처음엔 손을 내밀기만 해도 나를 위협했다. 그땐 망설이지 않고 단번에 몸을 제압해서 부담이 가지 않을 정도로 몸 전체를 지그시 눌러줬다. 온몸이 바닥에 닿게 적당한 압박을 해주는 것이다. 처음에는 그게 내 강함을 보여주는 행동이라고 생각했는데, 단순히 그런 의미만 있는 게 아니었다. 온몸을 눌러주면 개체의 심장이 바닥에 닿아 천천히 자기 심장 소리를 들을 수 있게 된다. 불안하고 예민한 개체들이 천천히 자기 심장 소리를 들으며 심리적으로 안정을 찾는다. 나는 그렇게 조금씩 그들과 친해지며 함께 살아가는 법을 배웠다.

우리는 전혀 다른 환경에서 살아가는 전혀 다른 특성을 가진 존재이다. 그러니 함께 살아가기 위해서는 서로가 시간을 들이고 노력해야 하는 게 당연했다. 기르기 전에는 모든 게 일방적일 거라고 생각했는데, 알면 알수록 우리의 소통은 쌍방향이었다. 내가 노력하는 만큼 그들도 나에게 맞춰주기 위해 노력했다. 내가 어떻게 다가가느냐에 따라 그들의 태도와 행동이 완전히 달라졌다. 생활 패턴도 서로에게 맞추게 되었다. 주행성인 개체를 위해 밤에는 불을 끄고 생활했으며, 해가 잘 드는 날이면 테라스에 이들을 풀어놓고 일광욕을 시켜주는 것으로 하루를 시작했다.

그들로 인해 누군가와 함께 살아가는 작은 기쁨을 매일 발견하고 있다. 함께 살아가는 삶이 내 일상이 되었다. 때로는 생명체를 키우다 보니 마음 아픈 일도 많다. 이들 역시 조금의 실수만으로 쉽게 상처를 입는다. 나무에 걸려 발톱이 빠진다거나, 자기들끼리 먹이 다툼을 하다가 상대방을 다치게 한다. 성장을 하면서 탈피를 하는데, 탈피를 자연스럽게 다 못 하는 경우도 있다. 그러면 온욕을 시켜준다거나 몸에 물을 뿌려 습도를 조절해줘야 하는데, 그게 잘 안 됐을 때는 탈피가 완전히 이루어지지 않아 오랜 시간 남아 있는 부분이 썩게 된다. 썩은 부위를 제때 치료하지 못하고 방치하다 보면 괴사가 다른 부위로 퍼지고, 결국 부위 전체를 절단해야 하는 상황까지 온다. 심하면 생명에 지장이 있을 수도 있으며, 나중에 재생이 된다 하더라도 상처는 계속 남는다.

그렇게 남은 상처를 볼 때마다 나의 부주의나 무관심 때문에 그렇게 된 게 아닐까 하는 죄책감이 든다. 그건 사람들과의 관계에서도 마찬가지이다. 서로에게 입힌 상처를 오랜 시간 방치해두다가 다시는 돌이킬 수 없게 돼버린 경험들처럼 말이다.

아이큐가 한 자리밖에 되지 않는 파충류와도 이렇게 소통을 할 수가 있는데, 지능과 생각이 있는 인간과는 왜 이렇게 소통하기가 힘든 걸까? 내 소통 방식에 문제가 있는 걸까? 그동안 살아온 삶에 대한 내 태도를 다시 점검해봐야 하는 건 아닐까?

곰곰이 생각해보면 내가 파충류와 소통할 수 있었던 건 우리

그녀의 어깨 너머로 낙타의 앞부분이
낙타의 뒷부분을 바라보았다.
그리고 그들은 아주 섬세한,
일종의 비밀스러운 윙크를 주고받았다.
오직 진정한 낙타들만이
이해할 수 있는 것이었다.

스콧 피츠제럴드, 〈낙타〉

가 서로 전혀 다른 존재임을 확실히 인식했기 때문이다. 하지만 사람을 대할 때는 그러지 못했다. 내가 생각하고 느끼는 걸 타인도 비슷하게 생각하고 느낄 거라 착각했다. 하지만 파충류와 인간 사이의 거리만큼이나 나와 타인 사이의 거리도 멀었다. 인간은 모두 전혀 다른 환경, 전혀 다른 입장에서 전혀 다른 생각을 하며 살아간다. 그러니 파충류와 소통할 때처럼 타인과 소통을 할 때도 우리가 서로 다른 존재임을 인정해야 한다. 나는 파충류와의 소통을 통해 사람들과의 소통에서도 꼭 필요한 태도를 배웠다. 이제 다른 사람들을 위해 내 삶의 패턴을 조정하는 것을 연습할 시간이다.

#
28

상대방이
듣고 싶은
이야기를
하는 법

사령부 근무 지원단 소속이었던 나는 군 복무 중 몇몇 행사에서 사회를 맡을 기회가 있었다. 거기에서 청소년을 비롯한 많은 시민들과 대화를 나눴는데, 이를 통해 노래가 아닌 다른 소통 방식에 눈을 떴다. 내가 할 수 있는 일을 창작과 랩으로 제한할 필요는 없었다. 더 많은 사람과 소통할 수 있는 일이면 무엇이든 경험해보는 게 좋겠다고 생각했다.

전역 후 내게 청소년과 직접 소통할 수 있는 기회가 왔다. 수도 없이 흔들리기를 반복했던 내 10대와 20대 시절의 경험이 지금 그들의 고민과 맞닿아 있을 것 같았다. 나는 설레는 마음으로 강연 무대에 올랐다. 노래가 아닌 다른 방식으로도 누군가와 소통할 수 있다는 게 감격스러웠다. 내가 예전에 그랬듯 그들도 여러 고민과 후회를 안고, 또 자신만의 목표를 바라보고 있었다. 나는 그들에게 그들이 듣고 싶은 이야기를 해주고 싶었다.

무대에서 노래할 때는 공연자 자신의 에너지 분출이 중요했다. 뜨거운 에너지를 쏟아내 눈앞에서 나를 바라보고 있는 관객들의 몸과 마음을 움직이게 만드는 게 가장 중요했다. 3~4분 안에 내가 가진 모든 에너지를 쏟아부어야 했다. 반면 강연은 순간의 강렬함보다 전체의 맥락과 흐름이 중요하다. 내가 전하고 싶은 메시지가 관객들에게 전달될 때까지 차근차근 꼼꼼히 그 과정을 밟아가며 결론을 향해 나아가야 했다.

강연을 시작한 초반에는 가수로서의 습관이 남아 있다 보니 조금이라도 빨리 관객들을 설득해버리고 싶은 조바심이 앞섰다. 관객들이 내 이야기를 듣다가 지루해하거나 딴짓을 하고 있으면 마음이 급격히 조급해졌다. 당장 반주를 틀고 노래를 불러 무대를 뒤집어놓고 싶다는 생각이 불쑥불쑥 튀어나오기도 했다. 그러다 보니 전체적인 강연의 흐름이 어느 순간 흔들리고 무너지기도 했고, 그 상황을 다시 일으켜 세우려다 주제에서 벗어난 이야기들을 하기도 했다.

강연은 노래와는 완전히 다른 성격의 무대였다. 강연에선 매 순간 내 뜻대로 관객을 울리거나 웃게 만들고, 공감하거나 열광

하게 할 수 있는 것이 아니었다. 그들이 원하는 걸, 그들이 듣고 싶어 하는 걸, 그들이 위로받고 싶어 하는 걸 확실히 인식하고, 그들이 내 이야기에 천천히 따라오게 만들어야 했다. 그러다 보면 내 이야기에 자신의 상황을 이입하게 되고, 감정을 공유하게 되며, 내가 원래 전하고 싶었던 메시지를 받아들이게 되었다.

노래할 때는 내 감정과 에너지를 일방적으로 전달하고 쏟아붓는 느낌이었다면, 강연할 때의 나는 청중들과 손을 잡고 우리가 얻고자 하는 걸 함께 찾아가는 느낌이었다. 내가 전달하고자 하는 것과 관객이 듣고 싶은 것 사이의 접점을 만드는 것이 중요했다. 중심은 내게 있는 게 아니라 내 이야기에 바탕을 둔 관객들의 이야기에 있었다.

나는 그 미묘한 감정의 방향을 조종하는 선장으로 내 배에 한 명이라도 더 많은 승객을 태우기 위해 노력했다. 청소년을 대상으로 하는 강연에서 내가 가장 관심 있어 하는 주제인 '외로움'을 무작정 꺼내놓지 않는 것도 이런 이유 때문이다. 그들에게 내가 겪은 외로움을 내 방식대로 무작정 꺼내놓기만 하면 절대 제대로 이해하지 못한다. 자신들과는 다른 환경에서 살아온 30대 초반 연예인의 외로움에 그들은 당연히 공감하지 못할 것이다.

언젠가 혜민 스님의 강연에 초대된 적이 있다. 혜민 스님의 강연을 들으러 오는 사람들은 대부분 힐링을 받을 준비가 된 사람들이었다. 하지만 내 이야기를 들으러 온 10대 청소년들은 아직 자신의 아픔을 있는 그대로 받아들일 준비가 안 된 관객들이었다. 공감하지 못하는 아이들에게 "넌 지금 아파. 자신의 아픔을 있는 그대로 다 털어놔야 해"라고 말하는 건 아무런 의미가 없었다. 격앙된 내 언성에 고개를 끄덕이더라도 공감하지는 못했을 것이다. 때로는 나의 상처와 외로움의 토로에 탄식하는 소리가 터져나올 때도 있었지만, 그건 나에 대한 안쓰러움이자 동정의 표시일 뿐이었다.

하지만 그런 아이들에게도 그들이 공감할 만한 다른 이야기를 먼저 꺼내놓은 후, 차근차근 그 흐름을 이어가다 결국 외로움을 말하면 훨씬 더 자연스럽게 이야기를 받아들인다. 모두가 똑같이 겪고 느끼며 살아온 현실들이 공통분모를 형성하기 때문이다. 그때 나는 내가 느낀 외로움이 그들의 외로움과 결코 다르지 않다는 사실을 깨닫는다.

이것이 소통의 본질이다. 상대에 대한 이해와 관심에 귀를 더 기울이면 나마저 덜 외로워지는 것 같았다. 곡을 쓰고 가사를 쓴다는 건 내 안의 저 깊숙한 곳까지 들어가 나 자신조차도 모르고 있던 나와 만나는 작업이다. 그것은 철저히 고독하고 외로운 싸움이다. 하지만 타인의 반응을 살피고, 타인의 이야기에 귀를 더 기울여야 하는 강연은 달랐다. 강연자로서 무대 위에 서면 나는 외롭지 않았다. 관객들이 찾고자 하는 길을 찾다가 나조차도 모르던 새로운 길과 방향을 발견할 때도 있었다. 나는 무대 위에

올라가 무대 아래에 있는 관객들에게 내 이야기를 전하지만, 사
실 그들에게서 더 많은 것을 배운다.

29

소통이 귀찮으면
폭력이 된다

　전역 후 어느 다문화가족 쉼터를 방문한 적이 있다. 그곳은 한국인 남편과 결혼한 외국인 여성들이 다툼이나 가정 폭력 등으로 집을 나왔을 때 잠시 거주하며 몸과 마음의 안정을 얻을 수 있도록 마련된 공간이다. 대부분의 외국인 여성들은 한국에 연고가 없어 집을 나오면 딱히 갈 데가 없는 경우가 많다. 쉼터의 역할은 그들이 자신과 비슷한 처지의 또 다른 사람들과 함께 시간을 보내면서 심리적 안정을 되찾고 가족과의 갈등을 해결할 수 있는 방법을 모색해주는 것이다. 그래서 결국 그들이 다시 자신의 가정으로 돌아갈 수 있도록 돕는 것이다.

쉼터에서는 적게는 대여섯 명, 많게는 열 명 이상이 함께 모여 생활한다. 재정적인 지원이 열악하다 보니 환경이 아주 좋지는 않지만, 그래도 그곳에 모인 이들은 비슷한 상처를 가지고 있어서인지 대부분 사이가 좋아 보였다. 아주 어린 친구부터 나이가 많은 아주머니까지 다양한 사람들이 쉼터에 모여 있었다. 그곳에 처음 방문해서 느낀 것 역시 소통의 어려움이었다. 기본적인 한국말은 대부분 가능해 의사소통 자체는 문제가 되지 않았지만, 자신의 섬세한 감정을 전달하고 받아들이는 건 쉽지 않아 보였다.

예를 들어 "나 아파"라는 말을 하거나 들었을 때 이게 상처가 나서 아픈 건지, 서운함에 마음이 다친 건지는 서로 세밀하게 소통이 잘 안 되는 것 같았다. 이런 소통의 부족함이 하나둘 늘어나다 보면 서로가 소통하는 것 자체를 귀찮아하게 된다. 그러한 소통의 부재는 곧 대화의 단절로 이어지고 결국 더 큰 불만이 쌓이게 된다. 그러다 점점 상대방을 무시하게 되고, 무시가 심해지면 무관심이 되며, 결국 상대방을 소외시킨다. 거기서 더 심해지면 폭언과 욕설, 폭력이 되기도 한다. 처음에는 서로 이해하려고 노력하려는 마음을 품는다 하더라도, 그게 뜻하는 대로 잘되지 않으면 쉽게 포기하고 마는 것이다. 그만큼 타인과의 소통이란 성가시고 피곤한 일이었다.

그래도 다행이었던 건 쉼터에서 지내는 사람들이 예상했던

세상에서 내가 제일 아픈 줄 알았다.

아니, 세상에서 유일하게 나만 아픈 줄 알았다.

그래서 내 아픔에 다가오려는 너를 외면했다.

너와 나의 상처가 같게 취급받는 게 싫었고,

너와 내가 같이 아파한다는 사실을 인정하기 싫었다.

퍼렇게 녹이 슨 문을 걸어 잠그고

그 뒤에 꽁꽁 얼어붙은 채로 꼭꼭 숨어서

아무도 없는 걸 확인하고 나서야

몰래 슬쩍 내 상처를 꺼내어보곤 했다.

것보다 훨씬 밝고 의욕적이었다는 점이다. 모두들 누군가와 대화하고 싶어 했고, 더 많은 이야기를 듣고 싶어 했다. 그들은 분명 소통에 대한 의지가 있었지만, 그런 상황을 만들기가 쉽지 않았던 것이다. 게다가 거의 다 집 안에 갇혀서 가사 일만 하는, 사회적으로 고립된 생활을 하는 경우가 많았다. 남편이 일하러 나가면 하루 종일 혼자 집을 지켜야 하는 삶이 매일 계속되어온 것이다. 대화를 나눌 수 있는 상대조차 없고, 일상을 공유할 수 있는 커뮤니티가 아예 차단되어 있는 사람들이 많았다.

그런 그들이 이 공동체에서 활력을 얻고 있었다. 외로워하거나 침울해하는 표정은 찾기 힘들었다. 새로운 가족이 들어오면 그때마다 모두 한자리에 모여 자기소개를 하고 장기자랑 무대를 열었다. 나는 가수로서, 그리고 그들이 살고 있는 이국 땅 대한민국의 젊은이로서 그들과 함께 무대를 꾸몄다. 모두가 적극적이었다. 자국의 민요나 가요 등을 부르고 춤을 추며 어느 때보다 즐겁게 웃고 떠들었다. 부끄러워하며 빼는 사람 없이 자연스럽고 생기 있게 장기자랑에 참여했다.

이것이 바로 같은 상처를 공유하고, 또 치유하고 있는 공동체의 힘이었다. 같은 처지에서 같은 감정을 공유한 사람들이 서로의 상처를 보듬어줌으로써 자유롭고 의욕적인 사람이 되어갔다. 이들이 불행했던 이유는 소통의 난절로 인해 자신의 마음과 의사를 제대로 표현하지 못했기 때문이었다. 자기 안에 있는 감정을 있는 그대로 꺼내놓을 수 있고, 자유롭게 소통할 수 있는 공간과 공동체, 가족이 있다면 우리 모두는 행복해질 수 있었다.

　나 역시 쉼터를 찾아다니며 다시 한 번 소통의 중요성에 대해 실감했다. 타인과 나는 아주 다른 존재이기 때문에 어떻게든 서로 진실하게 소통할 수 있는 방법을 찾는 것 외에는 다른 방법이 없다. 소통이 귀찮아지면 폭력이 된다는 것을 항상 기억해야 한다. 언젠가는 내가 그 폭력의 피해자가 될 수 있다는 사실도.

#
30

더 이상
하고 싶은 말이
없어진다면

"언제까지 노래할 거예요?"

강연을 나갈 때마다 학생들이 이런 질문을 던진다. 처음에는
큰 고민 없이 자신 있게 답했다. "죽을 때까지 마이크를 잡고 무
대에 설 것이고, 무대 위에서 죽는 게 꿈이에요."

하지만 음악을 시작한 지 16년째, 첫 앨범을 내고 본격적으로
활동한 지 11년째 되는 시점에서 매일같이 크고 작은 수많은 난
관들과 마주하고 있는 지금은 자꾸만 다른 생각을 하게 된다.

하고 싶은 말이 많아서 가사를 쓰고 마이크를 잡았기에 언젠
가 하고 싶은 말을 다하고 나면 억지로 무대 위에 서는 게 아무

런 의미가 없을 거라고 생각했다. 그래서 어느 순간부터는 답변을 이런 식으로 수정했다.

"그게 언제가 될지는 모르겠지만, 할 말이 다할 때까지 노래할 거예요."

그것 역시 짧은 생각이었다. 언젠가 할 말이 없어질 때가, 아무 말도 하고 싶지 않아질 때가 분명 오겠지만, 그건 그때의 일시적인 판단이자 순간적인 감정이 분명할 것이기 때문이다.

〈히든싱어〉의 임창정 편을 보다가 말없이 눈물을 흘린 것도 비슷한 맥락에서였다. 그는 은퇴를 선언한 후 오랜만에 다시 가수로 돌아온 상황이었다. 방송에서 그가 말했다. 자신이 너무나 철이 없고 부족해서 순간의 감정으로 은퇴를 선언해버렸다고. 내 음악을 사랑해주셨던 많은 분들에게 정말 죄송하다고. 그리고 이렇게 다시 자신의 음악을 사랑하는 사람들과 함께 노래할 수 있게 돼서 정말 행복하다고.

울컥했다. 방송을 보고 있던 내가 그가 예전에 했던 그 생각을 하고 있었다. 데뷔 10년을 고작 넘긴 내가 무엇이 그리 힘들고 답답해서 감히 은퇴라는 생각을 한 걸까. 한때 나는 정말 모든 것을 다 때려치우고 아무도 모르는 곳에서 다른 일을 하고 싶었다. 가사를 쓰고 노래하는 삶이 아니더라도, 뭐든 다른 일을 해도 잘할 자신이 있었다. 소속사와 법적 분쟁에 휘말리고, 서로에게 상처를 주고받는 삶을 살아가던 매일매일 나는 이런 생각을 반복했다.

수도 없이 은퇴라는 단어가 머릿속을 오갔다. 〈은퇴 선언〉이라는 제목의 노래를 만들고 이곳을 훌쩍 떠나버리고 싶었다. 만약 작업을 하게 된다면 실제 시나위에서 〈은퇴 선언〉을 불렀던 김바다 형님에게 보컬을 부탁할 생각까지 했다. 지금 생각하면 참 부끄럽지만, 그럴 정도로 몸과 마음이 온통 뒤죽박죽 엉켜있었다.

〈히든싱어〉 임창정 편은 단순히 가수와 팬이 만나 추억의 노래를 부르며 그때의 감정으로 돌아가는 것에 머물지 않았다. 무대에 불려나온 임창정은 여전히 자신의 음악을 들으며 함께 울고 웃는 수많은 사람들이 있다는 사실을 다시 한 번 절실히 깨달았다. 그리고 마냥 좋았던 기억뿐만 아니라 후회스럽고 부끄러운 기억까지도 모두 끄집어내서 자신의 팬들과 소통을 했다.

그 방송을 보며 나는 지금의 내 아픔이 감당하기 힘들 정도라 하더라도 이 시간 역시 결국 지나갈 거라는 사실을 깨달았다. 더 이상 할 말이 없을 때도 있고, 하고 싶은 말이 너무 많을 때도 있고, 하고 싶은 말이 많아도 다른 사람들이 못 알아들을 때가 있고, 하고 싶은 말이 없는데도 사람들이 내 이야기를 듣고 싶어 할 때도 있을 테니까.

당장 힘이 든다고 도망칠 생각을 하는 건 무엇보다 자신에게 비겁한 짓이었다. 무대에 오르기를 포기하는 건, 내가 누릴 수 있는 가장 큰 행복을 스스로 저버리고, 나와 내 음악을 사랑해주던 사람들의 행복까지도 빼앗아버리는 꼴이었다.

　내 노래를 따라 부르며 내가 느꼈던 감정에 공감하고 소통하려 했던 이들도 분명 많지 않을까. 그들에게 미안해하는 마음으로, 언젠가 아웃사이더를 똑같이 따라할 수 있는 모창 능력자가 나타나기를 기다린다. 정말 똑같이 따라하는 사람이 있다면, 단언컨대 프로그램 최고 시청률은 따논 당상이다.

31

영원히 예민함을
잃지 말자

서태지와 이승환은 늘 내게 큰 자극을 주었다. 단순히 동안이라는 차원이 아니었다. 머리끝에서 발끝까지의 모든 것이, 특히 깊은 눈동자가 그들이 결코 예민함을 잃지 않고 있음을 말해주었다. 그 예민함은 그들의 삶의 철학과 태도, 그리고 음악에서도 발견된다. 시간이 흐를수록 그들의 음악은 둔해지기는커녕 오히려 더욱 섬세하고 예민한 소리를 만들어낸다.

아티스트는 감각이 무뎌지는 순간, 자신만의 특별함을 잃어버린다. 그리고 특별함을 잃어버리는 순간 도태되고 만다. 그동안 이루어온 영광이 과거가 되어버리는 것이다. 그런 사실을 잘 알

먹는 게 두려워서, 살찌는 게 두려워서
먹으면 바로 토하는 병에 걸렸다.
말라가는 거울 속의 내 모습이 낯설다.
푸석해진 피부와 죽은 가지처럼 축 처진 팔과 다리.
앙상하게 메마른 거울 속의 내가 나에게 말한다.
무엇이 두려워서, 무엇을 감추고 싶어서
아직도 토하느냐고.
더 이상 뱉어낼 것 없이 모든 걸 다 토하고 나면
내 안에 내가 얼마나 남아 있을까.
기억까지, 추억까지, 먹으면 전부 토하는 병에 걸렸다.

고 있기에 늘 더욱 예민해져야 한다고 최면을 건다. 스스로 무뎌지고 둔해지고 있다는 사실은 늘어난 내 살을 보면 알 수 있다. 불과 몇 년 전만 해도 살을 빼는 게 결코 힘들지 않았다. 데뷔 직전 27킬로그램을 뺄 때도 전혀 힘들다는 느낌이 없었다. 그런데 지금은 당장 5킬로그램을 빼는 것도 힘들다.

이런 게으름과 나태함을 깨부수기 위해 요즘 내가 가장 중요시 여기는 생활신조는 제안을 마다하지 않고 모든 가능성을 활짝 열어두는 것이다. 어떤 제안이든 그것이 변화와 즐거움의 기회가 될 수 있다. 그 기회를 통해 나의 게으름을 깨는 것이다. 작은 제안이지만 그 제안들 하나하나에 능동적으로 움직이다 보면 내 삶에 새로운 활력과 열정이 생길 수 있다.

얼마 전 고양시의 어느 조용한 단지로 이사를 왔다. 30여 년 넘게 지켜온 동네의 정반대편으로 이사를 온 이유는 몸과 마음의 휴식이 필요했기 때문이다. 나를 지켜내기에 급급했던 지난 시간들을 정리하면서 어디론가 숨고 싶고 혼자 있고 싶은 마음이 점차 커졌다. 가능하다면 사람들의 시선에서 완전히 벗어나고 싶었다. 모든 것을 쏟아내는 음반 제작과 활동의 시기가 끝나면, 그다음엔 급격한 허무함과 허전함이 몰려온다. 이 시간을 잘 보내야 한다. 새로운 창작을 위해서는 또다시 내 안에 있는 모든 것들을 끄집어내야 하니까.

나에게는 나 자신과 깊은 대화를 나눠보기 위해서라도 혼자만의 외로운 시간이 꼭 필요했다. 치열한 활동을 하며 세상과 소통하고 내 이야기를 차곡차곡 쌓아두다가 혼자만의 시간을 가지며 내 안에 있는 걸 다시 꺼내 창작을 하는 것이다. 그런 삶의 패턴에 익숙해진 지 오래지만 이제는 이러한 패턴에서 나올 수 있는 결과물이 바닥난 것 같은 느낌이 들었다.

오랜 시간 너무 잦은 인위적인 창작 작업으로 인해 내 안에서 혼자 끄집어낼 수 있는 이야기가 고갈되었다. 원초적인 감정들은 이미 다 꺼내놓았다. 내 안에서 무언가를 더 꺼내놓으려고 하면 그냥 예전과 크게 다를 바 없는 흔한 넋두리만 나올 것 같았다. 그 후로는 나 자신을 유심히 관찰했다. 치열하게 음반 활동을 하던 시기가 온전한 소통의 시간이라 믿었던 것부터가 나의 큰 착각이었다.

형식적인 소통만으론 내 안에 이야기가 쌓이지 않았다. 나 자신을 찾고 그것을 랩으로 표현하기 위해서는 스스로는 물론 타인과의 진심어린 대화와 소통이 반드시 필요했다. 그래서 요즘은 활동하는 시기가 끝나면 그때부터 누군가와 진정한 소통을 할 수 있는 시간을 가지려고 노력한다. 그럴 수 있는 가장 좋은 방법이 가능한 한 많은 제안을 받아들이는 것이라고 생각했다. 먼저 찾아 나서지는 못하더라도, 나를 찾아준 그 고마운 제안들 속에서 생각지도 못했던 일들을 하게 되고, 생각지도 못했던 사람들과 새로운 소통의 장을 만들어나갈 수 있을 테니까. 그리고 그들과 함께한 나의 진심어린 소통의 시간은 마르지 않는 펜을 통해 영원히 예민함을 잃지 않는 내 삶을 써내려갈 테니까.

32

고기를 직접 굽는 것의 의미

내가 '스피드 스타'라는 닉네임을 갖게 된 또 하나의 이유는 고기를 빨리 구워서였다. 친구들 사이에서 나는 언제나 독보적으로 고기를 빨리, 맛있게, 잘 구웠다.

어릴 적부터 고기를 정말 좋아했다. 집에서 자주 고기를 구워 먹었지만, 그래도 고기는 비싸고 귀한 음식이었다. 내가 대학에 입학했던 2002년 대학가에는 1인분에 2500원씩 하는, 부위를 알 수 없는 일명 생고기들이 들어오기 시작했다. 둘이서 2인분씩 구워 먹고, 남은 고기와 기름에 김치를 잘게 썰어서 그 위에 계란과 치즈 가루를 뿌려 밥을 볶아 먹어도 15000원이면 충분했다. 언제든 고기를 부담 없이 마음껏 먹을 수 있다는 사실에 나는 감격했다.

고기는 항상 내가 구웠다. 처음에는 내가 가장 어렸으니까 고기 굽는 일을 도맡았는데 계속 굽다 보니 주위에서 내가 구운 고기가 가장 맛있다고 칭찬하기 시작했고, 그러다 점점 고기 굽는 것을 좋아하게 됐다. 육즙이 빠지지 않게 노릇노릇한 상태를 유지한 채로, 한입에 쏙 들어갈 수 있는 적당한 크기로 고기를 잘랐다. 내가 구운 고기를 모두 맛있게 먹으니 기분이 좋았다. 결국 나는 누가 시키지 않아도 항상 고기를 굽게 됐다.

자주 가는 고깃집에선 아르바이트 제안이 들어올 정도였다. 그렇게 누구보다 빠르고 맛있게 고기를 굽다가 지어진 별명이 '스피드 스타'였다. 이쯤에서 우스갯소리를 하나 하자면, 이름 하야 나의 삼겹살 이론! 고기를 굽는 것과 음악을 하는 것의 공통점을 내 나름대로 분석해본 이론이다.

1   고기를 구울 때 처음에는 센 불에서 강하게 굽고, 그다음엔 약한 불로 은은하게 오래 구워야 한다. 처음엔 강한 불로 구워야 냉장 상태의 고기 내부에까지 열이 전달되고, 그 후에는 약한 불로 은은하게 구워야 고기 외부를 태우지 않고 적당히 익힐 수 있다. 음악 역시 마찬가지이다. 처음에는 뜨거운 열정으로 시작해야 한다. 열정이 있어야 실력이나 경험이 부족한 상태에서도 일단 시작을 할 수 있다. 하지만 어느 정도의 시간이 흐르고 경험이 쌓이면 활

활 타오르던 열정을 오랫동안 이어갈 수 있는 지구력이 더 중요해진다.

2 고기도 음악도 너무 자주 뒤집으면 안 된다. 고기를 자주 뒤집으면 고기 본연의 육즙이 빠지고 금방 말라 식감이 뻑뻑해진다. 음악도 마찬가지다. 변화도 중요하지만, 너무 자주 변하게 되면 자신의 정체성과 본연의 색깔을 온전히 전달할 수가 없다. 육즙이, 색깔이 빠지지 않게 최대한 적게 뒤집으면서도 타지 않도록 꼭 적절한 타이밍에 뒤집어줘야 하는 것이다.

3 고기가 잘 익고 나면 적당한 크기로 잘라줘야 한다. 여자 친구와 먹을 때는 한 번에 입안에 들어갈 수 있는 크기로 조금 작게 자르고, 남자들이랑 먹을 때는 입안에 고기가 꽉 찰 수 있도록 큼직하게 자르는 것이 좋다. 음악도 잘 익고 나면 듣는 사람의 기호나 대상에 맞게 적절하게 손질하는 것이 중요하다. 곡을 만들 때는 내가 하고 싶은 게 우선이지만, 그 곡을 세상에 내놓을 때는 듣는 이들의 취향을 더 세심하게 고려해야 한다.

4 마지막으로, 고기를 굽는 것도 음악을 하는 것도 누구와 함께하느냐가 가장 중요하다.

음악을 하는 것과 고기 굽는 것을 일치시킬 정도로 나는 고기 굽는 게 좋았다. 그러던 내가 어느 순간부터 고기를 굽지 않게 됐다. 형들보다 동생들이 많아지면서 자연스럽게 고기 굽는 일을 하지 않게 된 것이다.

연예인이라는 직업과도 무관하지 않을 것이다. 스케줄의 원활한 진행을 위해 연예인 본인이 직접 해서는 안 되는 것들이 있다. 연예인이 자신이 해야 하는 더 필수적인 일에 집중할 수 있도록 곁에 매니저나 스타일리스트 등의 스태프가 있는 것이다. 하지만 항상 그렇게 주위에서 이것저것 챙겨주는 생활에 익숙해지다 보면, 누구의 도움 없이는 아무것도 할 수 없는 바보가 돼버릴 때도 있다. 직접 해야 하는 모든 게 귀찮아지기도 한다. 사소한 일을 할 때도 누군가를 부르면 된다고 생각하는 삶에 익숙해지는 것이다.

이런 생각이 사람을 굉장히 쓸쓸하게 만든다. 내가 실제 해왔던 일이고, 할 수 있는 일인데도 습관적으로 나 혼자서는 아무것도 할 수 없다는 생각이 들면 굉장한 자괴감에 시달린다. 입고 싶은 대로 멋대로 입으면 되는데, 코디가 없으면 괜히 불안해져서 결국 혼자서는 옷 하나 제대로 못 입는다. 전문가들에게 맡기는 게 당연한 일들은 그렇다 쳐도 일상 속에서도 이런 모습을 보이는 나를 발견할 때면 그 모습이 너무나 한심스러워 견딜 수가 없다.

불현듯 그런 생각이 들었다. 내 삶이 조금 더 편해졌을지는 모르겠지만, 내 작은 행복을 스스로 포기하고 있구나. 다시 직접 고기를 구워야겠구나. 내가 고기를 굽고 누군가가 그걸 맛있게 먹는, 그런 소소한 기쁨을 되찾고 싶었다. 그런 자각을 하면서 나는 다시 직접 고기를 굽기 시작했다. 그리고 시간이 지났어도 역시 내가 구운 고기가 가장 맛있다는 사실을 다시 확인할 수 있었다.

생각해보면 음악을 할 때도 내 의사와 노력이 많이 반영될수록 창작물에 대한 애정이 컸다. 전문화와 분업화를 통해 최상의 결과물이 나온다고 해도 그 안에 나의 의견과 행동이 소외되어 있으면 애착이 생기지 않았다. 요즘 들어선 음악을 하면 할수록 가장 중요한 건 창작물에 대한 내 애정이라는 걸 깨닫는다. 그 마음이 더 오래 이 일을 할 수 있게 하는 원동력이 될 것이다.

이사를 하면서 집 인테리어 공사를 할 때도 나는 아내와 함께 직접 꾸미는 쪽을 택했다. 조금 덜 예쁘고 조금 덜 섬세할지는 몰라도, 집의 구석구석엔 우리의 애정과 땀이 섞여 있다. 그 흔적들과 마주할 때마다 집에 더욱 애착이 생기고 그 당시의 추억이 떠오른다. 삼겹살을 다시 직접 굽기 시작하면서 많은 것이 달라졌다. 나의 음악과 나의 삶이 변하기 시작했다.

part

X

Five

X

존경하는 마음이
외로움을 이긴다

문제가 되는 것은 결국 상처다.

어떤 목적에 의한 디스이건,

그것이 오가는 동안 상처는 분명히 남는다.

왜 함께 같은 꿈을 꾸던 사람들이

서로 외로울 때 힘이 되던 사람들이

상처를 주고받는 행위를 해야만 할까?

33

내 영원한
슈퍼맨은 아버지

어릴 적부터 나의 영웅은 아버지였다. 아버지는 내게 슈퍼맨이었다. 가정에서건 밖에서건 모르는 것도, 못하는 것도 없이 모든 걸 척척 해결하셨다. 보통 나이를 먹으면서 자신의 영웅이 바뀌는 경우가 많지만, 성인이 될 때까지도 내 영웅은 아버지였다. 내 눈에 비친 아버지는 누구보다 자상하고, 헌신적이고, 완벽한, 그야말로 이상적인 아버지의 전형이었다. 난 커서 아버지처럼 되고 싶었고, 우리 아버지는 평생 완벽할 줄만 알았다.

대학을 휴학하고 친구들과 라이브 클럽을 찾아다니며 음악에 몰두하던 시기였다. 슈퍼맨이었던 아버지는 갑작스러운 난청으로 청력을 잃어가기 시작했다. 중앙대학교 음대 작곡과를 졸업하고 고등학교 음악 교사가 된 아버지는 교사 월급에 만족하지 못하고 학교를 그만뒀다. 자신의 뛰어난 연주 실력으로 밴드 활동을 하면 훨씬 더 많은 돈을 벌 수 있었기 때문이다. 실제로 아버지는 당시 내로라하는 최고급 호텔의 밴드와 클럽의 밴드 마스터를 맡아 새벽까지 연주했고, 교직 생활을 하며 받던 월급의 몇 배가 넘는 돈을 벌어왔다. 새벽 늦게까지 일을 하면서도 술이나 담배, 도박과는 일절 거리를 두었다.

자신을 필요로 하는 곳이 많아서인지 아버지는 늘 당당하고 자신감이 넘쳤다. 그런데 어느 순간 갑자기 한쪽 귀가 잘 들리지 않게 되었다. 가볍게 생각했지만 아버지의 청력은 급속도로 악화됐고, 결국 병원에 입원해서 정밀검사를 한 결과 난청이라는 진단을 받았다. 청천벽력과도 같은 일이었다. 너무 오랜 세월을 음악 속에서, 큰 소음 속에서 보낸 탓이었다. 다른 한쪽 귀마저도 청력이 희미해진 상태라, 자칫하다간 양쪽 청력을 모두 잃는 최악의 상황이 올 수도 있었다.

결국 아버지가 할 수 있는 선택이란 음악을 포기하는 일뿐이었다. 수십 년간 자신과 가족을 지탱해온 음악인으로서의 삶이 어느 날 갑자기 한순간에 끝나고 만 것이다. 자신이 좋아했던 음악 때문에 남은 삶을 제대로 듣지 못하며 살아가야 한다는 커다란 좌절과 마주했다. 훗날 아버지는 이렇게 말씀하셨다.

"절대 돈을 보고 일을 선택하면 안 된다. 물론 그 덕분에 집을 사고 옷을 입히고 너희들을 키웠지만, 건강을 잃고 나니 지금은 아무 일도 못하지 않느냐. 성실히 교사 생활을 계속하며 교장이 되고, 또 명예롭게 정년퇴임을 한 친구들이 부럽구나."

일을 하지 못하게 되면서 아버지는 삶의 중심을 송두리째 잃어버렸다. 예술과 삶을 즐길 줄 아는 섬세한 성격은 큰 좌절을 겪은 후 까다로운 성격으로 바뀌었다. 아버지가 일을 그만두시면서 재즈 피아니스트로의 삶을 준비하고 있던 형도 음악 공부를 그만뒀다. 생활이 우선이었기 때문이었다. 재능 있다는 말을 많이 듣던 형이기에, 더 많은 고민 끝에 현실적인 선택을 내렸다. 어느 날 형이 아버지에게 이제 피아노는 포기하고 자신이 돈을 벌겠다고 말했다. 아버지는 극구 만류했지만, 결국 어쩔 수 없이 형의 선택을 지지해줬다. 형은 돈을 벌기 위해 생활 전선에 뛰어 들었고, 나 역시 집에 부담을 주기 싫어서 아르바이트를 하며 생활비를 보탰다.

아버지는 청력을 상실한 후 극심한 우울증을 겪었다. 평소 워낙 강인하고 자신감이 넘치는 분이었기에 이 고통의 시간들을 견뎌내는 게 더욱 힘들었던 것 같았다. 가족들에게 짐이 된다는 생각에, 다른 일을 해보려고도 하셨다. 하지만 나이가 많고 한쪽 귀가 안 들리는 아버지가 할 수 있는 일에는 한계가 있었다. 몇 번 대학교나 건물의 경비 업무 일을 하셨는데 결국 아버지는 새로운 삶의 변화를 받아들이지 못했다. 예전에는 그런 아버지가 안쓰럽기만 했는데, 지금은 내가 힘이 되어드리지 못한 것 같아 후회가 된다. 아버지께서 나에게 그랬듯이 나 역시 아버지가 가장 힘들어하시던 그 순간에 조금 더 힘이 되어드렸어야 했다.

제 앞가림조차 제대로 하지 못하던 20대의 내가 감히 무얼 할 수 있었겠냐마는, 단순히 아버지를 측은하게 여기고 바라보기만 했을 게 아니라 아버지가 스스로 다른 일을 찾고, 그 일이 힘들더라도 이겨낼 수 있도록 도와드려야 했다. 어떤 식으로든 가장에게 힘이 될 수 있는 건 결국 가족뿐이지 않나. 가족의 일원으로서 나는 아버지를 위로하지도, 적극적으로 현실에 반항하며 몸부림치지도 못했다. 그 사실이 지금까지도 너무 후회가 된다.

이제는 한없이 작아진 아버지의 뒷모습을 보고 있지만, 여전히 나는 아버지를 존경한다. 지금 아버지는 자신이 이루지 못한 꿈을 아들들을 통해 이루고 있다고 하신다. 아버지는 창작을 하고 노래를 하는 내 삶의 건강한 밑거름이었다. 그런 당신의 모습이 내 음악을 통해 조금씩 흘러나오고 있을 때 나는 순간순간 아버지의 아들임을 감사하며 무대에 오른다.

34

아빠, 엄마보다 좋았던 우리 형

내겐 두 살 터울 형이 있다. 어릴 적부터 친척들이 아버지가 좋냐, 어머니가 좋냐고 물어보면 언제나 형이 가장 좋다고 대답했다.

형과 나는 태어날 때부터 성격이 완전히 달랐다. 내성적이고 조용했던 형과는 다르게 나는 아주 외향적이고 활달한 아이였다. 그런 내가 형을 가장 좋아한다고 자신 있게 대답할 수 있었던 것은, 형이 늘 내게 먼저 양보하고 따뜻하게 나를 감싸주었기 때문이다.

형은 내게 그런 존재였다. 맛있는 것이 있어도, 가지고 싶은 것이 있어도 늘 내게 양보해주었다. 그래서인지 다른 형제들과는 달리 그 흔한 다툼조차 몇 번 해보지 않았다.

밖에 나가 친구들과 뛰어 노는 것을 좋아했던 나와 달리, 형은 만화와 게임, 책과 음악을 좋아했다. 나도 집에 있을 때는 형이 보고, 듣고, 하는 것들을 같이 했다.

〈보물섬〉, 〈소년 점프〉, 〈소년 챔프〉, 〈찬스〉 등 매주 만화 연재지가 나오는 날이면 용돈을 합쳐 서점을 찾았고, 문제집 사이에 〈드래곤볼〉이나 〈슬램덩크〉를 몰래 끼워서 보다 엄마한테 혼이 나기도 했다. 불빛이 밖으로 샐까 둘이서 이불을 푹 뒤집어쓰고 슈퍼마리오 끝판을 깰 때까지 밤새 게임기를 손에서 놓지 않았다.

음악을 듣기 시작한 것도 형 덕분이었다. 중학생이 된 형은 가요가 아닌 외국 록 음악에 빠져서 매일 귀에 이어폰을 달고 노래를 흥얼거렸다. 메탈리카, 본 조비, 롤링 스톤스, 스틸하트, 에릭 클랩튼 등 수많은 아티스트들의 음악을 듣고 따라 부르던 형이 내겐 엄청 멋있어 보였고, 그래서 나도 그들의 음악을 따라 듣기 시작했다. 내가 아직까지도 노래방에서 부르는 유일한 팝송은 형이 엄청 폼을 잡고 부르던 본조비의 〈You Give Love a Bad Name〉과 〈Living on a Prayer〉다.

고등학교에 진학한 형은 재즈 피아니스트를 목표로 하는 입시생이 되었다. 나도 그 당시 형이 듣던 재즈와 클래식, 뉴에이

내 안에 숨을 쉬는 형의 피아노 소리가

이대로 계속되길 간절히 바라면서

오늘도 이렇게 잠이 들지

두 손을 잡고 어릴 적 우리가 함께 부르던 노래

두 눈을 감고 언제나 우리가 함께 그리던 미래

힘이 들면 기대

캄캄한 어둠을 비추는 등대

우린 떨어져 있어도 서로를 비추고 서로를 지키는 존재

우리 형, 1집 Soliloquist

지 음악 등을 함께 들었다. 그러던 어느 날 형이 내게 랩을 들려 줬다. 나는 처음으로 랩이라는 걸 따라해보았다. 지금 생각해보 면 당시 형이 들려준 랩은 멋있었다기보다는 시끄럽고 어수선하 기만 했다. 한동안 재즈와 클래식, 뉴에이지 음악 등 사람의 목소 리가 없는 연주 중심의 음악들에 길들여져 있던 내게 뭐라고 말 하는지조차 정확하게 알 수 없는 이 빠른 주절거림은 별다른 감 흥을 주지 않았다. 그저 내가 좋아하는 우리 형이 들려준 또 하 나의 음악 그 이상도 이하도 아니었다.

끊임없는 앨범 작업과 그로 인한 부담으로 내 안에서 아무것 도 끄집어낼 수가 없었던 시기가 있었다. 그때 나는 생각하지 않 아도, 고민하지 않아도, 거짓말하지 않아도 할 수 있는 자연스 러운 이야기를 써야겠다고 생각했다. 그래서 만든 노래가 〈우리 형〉이다. 가장 가깝고, 항상 함께였기 때문에 하지 못했던 말들, 그리고 표현하지 못했던 감정들, 늘 가지고 있던 미안함과 고마 움의 말을 형에게 들려주고 싶었다.

요즘 우리는 한 살 한 살 나이를 먹어가면서 함께했던 추억의 조각들을 하나씩 맞춰가고 있다. 잘 기억이 나지 않는 희미한 어 린 시절의 추억들을 다시 불러내 또 다른 추억들에 하나씩 끼워 맞추는 일은 작지만 소소한 행복이다. 이 조각들이 모여 삶이라 는 하나의 퍼즐이 완성되는 순간은 언제가 될까. 눈을 감는 마지 막 순간이 될지, 아니면 영영 오지 않을지 누구도 모를 테지만,

잃어버린 기억의 한 조각을 찾을 때마다 느끼는 이 행복을 평생
토록 소중히 간직하고 싶다. 우리 형과 함께.

35

내 친구 배치기
그리고
MC스나이퍼

어디서부터 이야기를 시작해야 할까, 이 친구들과의 인연을.

나는 고등학교에 올라와 처음 랩을 시작했고 마음이 맞는 친구들과 팀을 결성했다. 그들과 함께 가사를 쓰고 우리의 랩을 들려줄 무대를 찾아다녔으며, 각종 청소년 축제와 아마추어 대회를 전전하며 이름을 알리기 위해 노력했다. 하지만 그때 이미 아마추어임에도 어느 공연장을 가더라도 늘 많은 팬들이 따라다니던 팀이 있었으니 자칭, 타칭 강동 최강 배치기라는 팀이었다. 당시 가격이 비쌌기 때문에 웬만해서는 세트로 구입하기 힘들다던 로카웨어 청 재킷을 위아래 세트로 맞춰 입고 블링블링한

뉴에라에 자기 얼굴만 한 금목걸이를 목에 건, 키가 족히 180센 티미터 이상은 되어 보이던 훤칠한 네 명의 사내들.

쿨리오의 〈1-2-3-4〉 인스트루멘탈 반주에 빠르고 흥겨운 랩 으로 "우리가 누구? 배치기~"를 외치던 이 친구들은 당시에 랩 을 시작하고 공연을 하던 많은 래퍼들에게는 공통의 라이벌이자 목표였다. 어디를 가건 배치기는 메인 무대를 맡았고, 그들은 많 은 아마추어 래퍼들의 인정과 시기를 받으며 전국 곳곳을 누볐 다. 나는 3인조 남성 팀 '반쪽날개'로 활동을 막 시작했고, 나름 대로 실력과 인지도를 차곡차곡 쌓아가는 중이었다. 그리고 언 젠간 배치기를 넘어서는 날이 올 거라고 농담 반, 진담 반으로 이야기하며 배치기를 목표로 연습하고 공연을 했다. 그렇게 고 등학교 시절을 보냈다.

본격적인 고3 수험생 생활을 앞둔 어느 날, 우리 팀과 배치기 는 고등학교 시절의 마지막 대회였던 롯데월드 힙합 페스티벌에 서 또다시 만나게 되었다. 그리고 우리는 함께 팀을 이룬 지 2년 만에 마침내 배치기와 공동 우승이라는 아주 만족스러운 결과 를 얻게 됐다. 상금을 반으로 나눠 가진 건 아쉬웠지만, 배치기와 같은 위치에 섰다는 것만으로 뿌듯했다. 덕분에 나는 조금 더 후 련한 마음으로 잠시 음악을 내려놓고 학업에 전념할 수 있었다.

배치기와 나의 인연은 그때부터 시작됐다. 늘 공연장에서만 마주치고 랩과 음악 외에는 특별한 대화를 하지 않았던 배치기

멤버들과 가깝게 지내며 많은 이야기를 나눌 수 있게 됐고, 특히 기철(탁탁)과 나는 하이톤에 빠른 랩을 한다는 공통점 때문인지 유난히 자주 통화를 했다. 더 솔직히 얘기하자면 연애에 한참이나 서툴렀던 그의 고민을 들어주며 허물 없이 친해졌다.

라이벌에서 친구로 사이를 좁혀갔던 우리지만, 스무 살이 되면서 서로에게 많은 변화가 생겼다. 배치기는 메이저 기획사에 캐스팅이 되어 본격적인 방송 데뷔를 준비했고, 우리 팀은 멤버들의 대학 진학과 군대 문제로 잠정적으로 해체되고 결국 나 혼자 남아 음악을 했다. 방송 데뷔를 준비하던 배치기도 결국 부모님의 반대와 개인 사정으로 지금의 멤버 무웅과 탁탁, 두 사람만 남게 됐고, 나 역시 솔로로 음악을 하기로 결심했다. 둘만 남은 배치기와 혼자가 된 아웃사이더, 한 팀은 오버그라운드 데뷔를, 그리고 난 언더그라운드에 첫 번째 앨범을 목표로 본격적인 제2의 음악 인생을 시작했다.

언더그라운드 무대에서 고군분투하고 있던 어느 날, TV 음악 프로그램에서 등장한 배치기를 봤다. "만나서 반갑습니다. 우리는 배치깁니다. 다시 한 번 말씀드립니다. 만나서 반갑습니다"를 끊임없이 외쳐대던 배치기의 데뷔 무대를 아직도 잊지 못한다. 내게는 단순한 부러움 그 이상의 감정이었다. 함께 고생하던 친구들이 TV에 나와 자신들의 이름을 외치고 있는 모습은 나에게 그 어떤 것보다 큰 자극이 됐다.

지금에 와서 얘기하자면 내가 빠른 랩을 시작하게 된 계기가 바로 배치기였다. 특히 기철의 랩을 듣고 난 후였다. 라임을 툭툭 던져대다가 가볍게 단어들을 튕겨대며 텅 트위스팅을 하던 기철의 랩은 나에게 새로운 세계를 열어주었다. 나는 그런 빠른 랩을 목표로 삼았고, 그 이상의 것에도 도전해보고 싶었다. 배치기가 하나가 되어 만들어냈던 무대 위의 에너지와 호흡은 늘 내가 꿈꾸던 이상적인 팀의 모습이었다. 내 음악 인생에서 그들은 무척이나 특별하기에, 아직까지도 배치기의 새 앨범과 무대는 나에게 큰 자극이자 동기로 작용하고 있다.

자신들의 이름을 대중에게 각인시키며 성공적으로 데뷔한 이후, 배치기는 2집 앨범으로도 어느 정도 히트를 치며 승승장구했다. 그때 나는 언더그라운드에서 두 장의 앨범을 발매하며 차곡차곡 이력을 쌓아가고 있었다. 그러다 나에게도 드디어 메이저 무대로 진출할 수 있는 기회가 찾아왔다. 언더그라운드에서 발매한 내 첫 번째 앨범은 호불호가 갈렸다. 빠르고 특이하기는 하지만 듣기 거북하고 다듬어지지 않았다는 평가를 받았다. 나는 그런 평가를 적극적으로 수용했고, 다음 앨범에서는 톤을 안정적으로 만들고 내 스타일을 더욱 돋보이게 할 수 있는 다양한 아티스트들과의 피처링 콜라보레이션 작업을 했다. 그렇게 단점을 극복하고 다른 아티스트들의 장점을 배우려고 많은 노력을 기울인 끝에, 언더그라운드에서의 두 번째 싱글앨범 〈Speed

Star〉는 많은 사랑을 받았고 결국 메이저 기획사의 러브콜까지 받았다.

크고 작은 회사들과 미팅을 여러 번 하면서 꽤 많은 고민을 했다. 특히 한 기획사에서는 신인으로서는 이례적인 액수의 계약금을 제시하기도 했다. 하지만 신중히 고민하고 또 고민했다. 그렇게 한참 고민하던 시기에 오랜만에 기철과 통화를 하게 되었는데, 그가 MC스나이퍼를 만나보는 건 어떻겠냐고 물었다. 나는 언더그라운드 시절부터 MC스나이퍼의 라이브 무대와 음악철학에 어느 정도 매력을 느끼고 있었다.

떨리고 긴장됐던 첫 만남이었다. 그는 작은 키에 다부진 체격, 까무잡잡한 피부에 선글라스를 쓰고 모자를 푹 눌러쓴 모습이었고, 굵직하게 내뱉는 말투에서는 나는 네가 무슨 생각을 하고 있는지 다 알고 있다는 여유가 느껴졌다. 그는 나에게 굳은살과 크고 작은 상처로 다져진 두툼한 손을 내밀었다. 그날 그렇게 손을 맞잡으며 우리의 인연이 시작됐다.

돌이켜보면 예전에 그를 만났던 적이 두 차례 있었다. 처음 본건 중앙대학교 캠퍼스에서 열렸던 한 힙합 무대에서였다. 성큼성큼 홀로 무대 위로 올라온 그는 그 작고 묵직한 체구 안에서 자신의 감정을 폭발적으로 쏟아냈다. 여자들의 신음 소리로 시작되는 기생들의 기구한 삶에 대한 노래 〈기생일기〉와 힙합에 이 한 몸을 바치겠다고 절규하던 그의 노래 〈힙합에 이 한몸 바치리〉가 떠오른다.

두 번째로 그를 만난 건 나 역시 래퍼로 무대 위에 서게 됐을 때였다. 당시 나는 홍대 라이브 클럽을 대표하던 공연장 중 한 곳인 '슬러거'의 정기 공연진이 되어 매주 공연을 하고 있었다. 그러던 어느 날 과거 슬러거의 공연진이었던 MC스나이퍼와 배치기를 비롯해 붓다베이비 크루의 스페셜 공연이 예정됐고, 그 공연의 오프닝 게스트로 내가 무대에 오르게 되었다. 그리고 그 날 공연이 끝나고 뒤풀이 때 MC스나이퍼에게 명함을 드리며 정식으로 인사했다.

"요즘은 아티스트도 명함이 있나?" 그는 정확히 이렇게 말했다. 그리고 술이 좀 더 들어가자 나에게 "방송에 나가려면 말이지, 살부터 빼야 돼"라고 말했다. 당시에는 그의 그런 말들이 내게 큰 상처가 되었다.

후에 그의 말을 풀어보면 전자는 "아티스트가 음악을 해야지, 비즈니스를 하나?", 후자는 "살도 못 뺄 정도로 게을러서는 절대 성공할 수가 없어"라는 말이었던 것 같다. 나는 오기가 생겼고, 어떻게든 보여주고 증명하고 싶었다. 혼자이기 때문에 모든 것을 혼자 해야 했고, 한 번이라도 더 무대에 서기 위해서 명함을 돌려야 했으며, 음악에 미쳐서 외모 따위는 신경 쓸 필요조차 느낄 수 없었던 내 상황이 결코 틀린 게 아니라는 것을 말이다.

오기를 심어주었던 두 번의 만남을 떠올리며 나는 그와 재회

했다. 그날 1차, 2차를 거쳐 형님의 집에서 3차로 밤새 술을 마셨다. 그리고 당시 내게 왔던 수많은 제안들을 뿌리치고 그 자리에서 그와 함께하기로 결정했다. 그렇게 시작되었다, 어떻게 끝날지 모르는 그와 나의 인연이.

나는
초사이어인

어릴 때부터 만화를 사랑했다. 그래서일까. 내 음악 구석구석
에는 만화적인 요소가 굉장히 많이 담겨 있다. 만화와 힙합 음악
의 비슷한 점을 몇 가지 소개해보겠다.

만화는 설명과 묘사가 길지 않다. 소설에 비해 대사도 간결한
편이다. 그리고 간결하니까 더 강렬한 맛이 있다. 특정한 대사와
특정한 그림이 만나 서로 결합될 때 엄청난 흡입력을 전해준다.
별 대사 없이 그림 하나만으로도 사람의 혼을 쏙 빼놓을 수도 있
다. 〈슬램덩크〉에서 라이벌이었던 강백호와 서태웅이 마지막 시
합에서 골을 넣고 손을 마주치는 장면은 지금까지도 머릿속에

생생하게 남아 있다. 아무 대사가 없지만 장면 하나만으로, 그림 하나만으로 나와 지구상의 수많은 사람들이 엄청난 감동을 받은 것이다. 그게 가능했던 건 그 전까지 전개되었던 수많은 상황과 스토리 덕분이다. 수많은 점들이 하나하나 찍혀 있다가 그게 어느 순간 선을 이루면서 감동을 극대화하는 것이다.

힙합도 비슷하다. 많은 이야기를 랩이라는 요소로 풀어가야 하지만 속된 말로 야마, 혹은 펀치라인이라는 게 필요하다. 동음이의어를 통한 중의적 표현이나 자신만의 개성을 살려 집중해서 감동이나 감흥을 줄 수 있는 구간을 만들어내야 한다. 거기에 도달하기까지의 다른 요소들은 쓸데없이 존재하는 게 아니라, 강렬한 펀치라인을 위해 꼭 필요한 밑거름인 셈이다. 감동이나 감흥을 주는 구간이 얼마나 잘 살아 있는지는 라이밍과 플로우, 메시지와 멜로디, 그리고 목소리가 하나로 결합이 됐을 때 머릿속에 어떤 그림이 그려지느냐에 달려 있다. 마치 만화의 한 장면처럼 시각적으로도 머리에 남는 펀치라인이 굉장히 중요한 것이다.

구질구질한 설명이나 묘사가 아니라 단어 하나, 메시지 하나, 그림 하나, 장면 하나만으로 스토리의 중요한 전환점을 만들고 다음 상황으로 이어나갈 수 있다는 점도 서로 비슷하다. 그렇기 때문에 나는 심지어 가사를 쓸 때도 만화로부터 많은 영향을 받았다. 만화처럼 상대적으로 쉽게 전달되고, 그러면서도 유치하지 않은 가사를 쓰고 싶었다. 좋은 만화는 초등학생이 읽어도 어렵지 않고, 성인이 읽어도 유치하지 않다. 그런 것처럼 누구나 이해하기 쉽고 공감할 수 있는 말들로 이야기를 풀어내고 싶었다. 실제로 만화 속 설정을 빌려 가사를 쓴 적도 몇 차례 있다. 그중 하나가 복싱 만화 〈더 파이팅〉이다. 1집 수록곡 〈연인과의 거리〉는 만화 〈더 파이팅〉의 테마에서 그 감성을 발전시킨 것이다.

평범하고 부족하기만 했던 주인공 일보와 전형적인 엘리트 코스를 밟으며 권투를 시작한 라이벌 일랑이 자신의 방식으로 삶을 지키기 위해 링 위에서 주먹을 맞대고 온몸으로 대화하는 모습은 단연코 그 무엇보다도 강렬한 원초적인 소통의 희열을 느끼게 했다. 〈연인과의 거리〉는 이러한 일보와 일랑의 좁혀질 듯 좁혀지지 않는, 하지만 멀어질 듯 멀어지지 않는 두 사람의 미묘한 관계를 표현한 테마에서 시작됐다. 그건 동시에 일보와 권투 사이의 관계를 표현한 것이기도 하다. 일보에게 권투가 그랬듯이, 닮고 싶고, 함께하고 싶고, 그 자체만으로도 행복한 내 삶의 목표는 음악이었다. 그렇기에 나는 랩이라는 요소로 〈연인과의 거리〉에 음악에 대한 나의 애정을 마음껏 드러냈다. 음악과 나의 관계 역시 멀어질 듯 멀어지지 않았고, 좁혀질 듯 좁혀지지 않았으니까.

전 세계적으로 3억 5천만 부 이상이 팔린 베스트셀러 〈드래곤볼〉에서 영감을 받아 쓴 가사도 있다. 바로 MC스나이퍼 4집 정

나는 순수혈통 전투민족의 마지막 생존자

100% 고집불통 내 길을 걷는 삶의 개척자

아무리 죽고 싶어도 죽지 못하는 생은

죽음의 고비를 넘기면

언제나 자신을 몇 배로 단단히 성장시켜

Better than Yesterday,

MC스나이퍼 4집 How Bad Do U Want It ?

규 앨범에 수록된 단체 곡 〈Better than Yesterday〉의 내 피처링 랩 파트다. 내게 주어진 16마디 안에 그동안 갈고 갈았던 칼을 뽑아 세상을 향해 제대로 휘두르리라는 포부를 담고 싶었다. 새롭게 시작된 새로운 동료들과 함께 앞으로 음악 인생에서 새로운 항로를 개척할 것이라는 비장함을 담았다. 그 포부와 비장함을 현실로 만들어낼 준비가 되어 있다는 걸 스스로에게 증명하고 싶었다. 그것이 지난 시간에 대한 보상이자 억눌려 있던 내 자의식에 대한 해방감의 통로였다.

나는 이 곡에서 〈드래곤볼〉에 나오는 우주 최강의 전투민족인 '사이어인'이 되었다. 행성의 멸망과 함께 가까스로 살아남은 소수 사이어인 종족은 죽음의 고비를 넘기고 나면 더욱 강력해지고 새롭게 거듭난다. 사이어인에서 슈퍼 사이어인으로, 그리고 초사이어인으로. 강한 상대를 만나 전투에서 지고 목숨을 잃을 위기 상황에서도 그들은 타고난 전투민족 특유의 긍지와 자존심을 바탕으로 절대로 마음을 꺾지 않는다. 그 불굴의 정신은 다 꺼져가는 육체를 회복하고 나면 더욱 강력해지며 전투력과 에너지를 상승시킨다.

우리의 삶 역시 마찬가지라고 생각한다. 정신이 꺾이지 않는 이상, 잡은 끈을 결코 내려놓지 않는 이상, 몸과 마음은 고난과 역경을 이겨낸 뒤에야 비로소 더욱 단단해지고 견고해진다. 일곱 개의 드래곤볼을 모으고 그토록 갈망하던 소원을 이룰 때까지 난 끝없이 패배와 좌절, 인내와 도전이라는 단어들과 만나 친해지는 법을 배워야 했다. 의지를 지켜나가는 과정을 이 노래 안에 담았다. 초사이어인이 되어 적들을 무찌르고 흩어진 드래곤볼을 모두 모아 소원을 이루고 말 거라는 심정으로.

만화의 특별한 설정을 종종 랩으로 풀어내다 보니, 어느 날 진짜 '한국만화 홍보대사'를 맡게 됐다. 대한민국 최초의 비보이 만화 〈힙합〉으로 많은 사랑을 받은 김수용 작가와의 인연으로 홍보대사직을 제안받게 됐고, 만화에 대한 사랑과 애정이 있었기에 그 요청을 흔쾌히 받아들였다. 한국에서 만화가들의 창작 환경이 많이 열악하기에, 만화가 가진 의미와 가치를 알리는 데 조그만 보탬이라도 되면 좋겠다는 마음이었다. 만화로부터 꿈을 키워온 나는 지금도 만화가 가진 힘과 가치를 굳게 믿고 있다. 지금까지 그래왔던 것처럼 앞으로도 만화를 통해 또 다른 꿈과 희망을 얻고, 내가 그랬듯 누군가에게 설렘 가득한 하루하루를 선물해줄 수 있는 음악을 만들 것이기에.

37

결국
상처만 남는
디스전

언제부턴가 한국 힙합 신에서도 컨트롤 비트를 다운받아 상대방의 허물을 공개적으로 공격하는 디스전이 유행처럼 번지기 시작했다. 미국의 켄드릭 라마가 그랬던 것처럼 자신이 최고임을 증명하는 재미있는 판을 한번 벌여보자는 취지에서 시작됐지만, 점차 디스전을 통해 숨겨진, 혹은 말하지 못했던 곪은 감정이 터져 나오기 시작했다. 비난과 욕이 정당화되는 이 디스전은 기본적으로 상대를 까서 자신이 더 강하다는 걸 증명해야 하는 만큼 상대방의 약점을 다 끄집어내야만 했다. 마치 누가 더 잘 까는지 겨루는 듯하는 문화, 다 까야 할 것 같은 문화가 순식간에 만들어졌다.

확실히 힙합이란 장르는 솔직하고 과감하고 직설적인 표현을 하는 데 그 매력이 특화되어 있다. 위트 있는 표현으로 상대를 비웃거나 정곡을 찌르는 펀치라인을 섞어서 상대방을 굴복시키는 디스(diss)도 있고, 죽일듯한 욕설로 상대방에게 모욕감을 주고 위협을 가하는 비프(beef)도 있다. 디스와 비프는 그 방식은 다르지만 본질적으로 상대방을 물어뜯어서 자신을 우위에 둔다는 점에서 점점 그 경계가 무너질 수밖에 없다.

SNS를 통해 전파 속도가 급속도로 빨라진 최근에는 디스가 더욱 흥행하기 시작했다. 가장 큰 이유는 아무래도 일상에 억눌리며 살아온 사람들에게 이러한 누군가의 싸움이 자극적이고, 재미있기 때문일 것이다. 누가 누구를 깠더라는 기사가 나오면 사람들은 관심을 가지고 무슨 일인지 궁금해한다. 디스의 대상이 유명하면 유명할수록 사람들은 더 많은 관심을 가지게 되어, 디스는 자연스럽게 래퍼를 홍보할 수 있는 수단이 되었다. 그렇게 무언가를 얻고자 하는 래퍼들이 하나둘씩 '나도 이 판에 뛰어 들어야지'라는 생각을 하게 되면서 디스전이 꼬리에 꼬리를 물며 불이 붙었다.

그리고 입대 전 함께 음악을 하던 동생들이 나를 디스하는 노래를 냈다. 전역한 뒤 컴백을 준비하다가 소속사와 법적 분쟁을 하게 된 상황에서 나온 노래였다. 디스를 당했을 때의 기분은 쉽게 말해 누군가 나를 욕했을 때 느끼는 기분과 비슷했다. 하지만 갑작스럽게 터지기 때문에 얼굴을 맞대고 직접 말하는 상황보다 더 당황스럽고 기분도 더럽다. 사실 여부를 떠나 어쨌건 실제 있었던 상황들에 대한 디스였던 만큼 처음에는 화가 났고 어이가 없었다. 자연스럽게 나도 맞디스를 해야 한다는 생각이 들었다.

나라고 할 말이 없을까? 나라고 욕을 못할까? 나에게도 입장이라는 게 있었고, 반박하고 싶은 말도 너무나 많았다. 하지만 나는 결국 침묵을 택했다. 그 내용이 너무 개인적인 우리들간의 이야기이기도 했지만, 내가 디스전에 뛰어드는 순간 나 자신을 더 작게 만들 것 같았다. 상대가 함께 음악을 했던 동생들이었기에 더더욱 그랬다.

또한 3년 만의 컴백을 준비하며 소속사와 법적 분쟁을 하고 있던 상황에서 또 다른 구설수에 오르고 싶지는 않았다. 이미 소송으로 인해 많은 팬들이 등을 돌렸고, 소송이 진행 중이어서 더 이상 이미지 소모를 할 수 있는 상황도 아니었다. 맞대응을 한다고 해도, 좋아질 것보단 나빠질 것이, 얻을 것보단 잃을 것이 더 많았다. 그리고 무엇보다 디스는 내가 좋아하는, 내가 랩을 하고 음악을 하는 방식이 아니었다. 그래서 입을 다물었다. 결과적으로 회피를 한 모양새가 됐다.

내 선택에 대해 후회하지는 않는다. 누가 옳고 누가 틀렸는지는 분명하게 나뉘지 않는다. 분명 내가 잘못한 것도 있고, 상대방이 잘못한 것도 있다. 누구의 잘못도 아니었지만 우리가 처한 상황과 환경이 문제를 만든 것일 수도 있다. 어쩌면 당사자들이 모르게 제삼자가 개입되어 문제가 생겼을 수도 있다.

이미 지난 시간의 일들을 일일이 끄집어내서 그 모든 상황들에서 무엇이 어긋나 우리를 이렇게 만들었는지를, 평생 남아 누군가에게 들려지게 될 노래에 기록하고 싶지는 않았다. 힘들었지만, 소중한 추억이라고 생각했던 지난 시간들이 훼손되는 것도 보고 싶지 않았다. 그렇기에 어차피 명확한 정답이 있는 게 아니라면 아무 문제도 해결하지 못하는 디스전 따위는 내게 의미가 없었다. 차라리 그들을 직접 만나 물어보고 싶었다. 난 언제든 그들과 만날 준비가 되어 있었고, 지금도 내 판단을 믿는다.

문제가 되는 것은 결국 상처다. 어떤 목적에 의한 디스이건, 그것이 오가는 동안 상처는 분명히 남는다. 왜 함께 같은 꿈을 꾸던 사람들이 서로 외로울 때 힘이 되던 사람들이 상처를 주고받는 행위를 해야만 할까? 힙합이니까? 래퍼니까?

내가 아는 힙합은, 내가 하는 랩은 그런 것이 아니었다. 나만 해도 디스를 받았던 부분에 대한 상처가 여전히 남아 있다. 그리고 그냥 조용히 그 상처를 안고 가는 게 더 큰 상처를 주고 받지 않는 방법이라 생각했기 때문에 그냥 그렇게 안고 살았다. 시간이 지나면 자연스럽게 그 상처가 조금씩 아물어가겠지만, 가끔씩은 나도 가슴속에서 그 상처가 다시 덧나 아팠던 감정이 불쑥

불쑥 튀어나올 때가 있다. 나에게도 할 말이 많으니까. 내가 잘못한 게, 나만 잘못한 게 아니니까. 아니, 오히려 그들이 잘못한 거라고 얘기할 수 있고, 얘기하고 싶으니까.

하지만 나는 그러지 못했고, 그러지 않았다. 디스는 결코 힙합 문화를 대표할 수 없다. 디스는 힙합이라는 문화 안에 존재하는 하나의 표현 방식에 불과하다. 자극적인 디스전을 통해 이슈가 되어 그렇지, 실제로 힙합은 '리스펙트' 문화를 기반으로 발전해 왔다. '디스'와 '리스펙트' 두 가지 모습이 공존하고 있지만, 더 이슈가 되는 건 디스 쪽이다. 대부분의 사람들은 머리끄덩이를 잡고 싸우는 걸 보고 싶어 하니까. 한편으로는 그렇게라도 이슈가 되어 힙합과 랩이 사람들의 관심을 불러일으키는 게 좋은 일일 것 같기도 하지만, 마치 그게 힙합 문화의 전부인 것처럼 보이는 건 상당히 큰 문제라고 생각한다.

그렇다고 이런 분위기가 비단 힙합 내부의 문제만은 아닌 것 같다. 언제부턴가 디스라는 말은 힙합 바깥에서도 널리 쓰이고, 예능 프로그램이건 강연 무대건 디스를 할 줄 아는 독설가들이 사람들에게 큰 인기를 끌고 있다.

끝없이 더 강한 자극을 원하는 세상을 만든 건 무엇일까? 이 무의미한 전쟁 끝에 남는 것은 과연 무엇일까? 디스와 소송, 받지 못한 돈과 잃어버린 명예, 그리고 상실해버린 관계 중 과연 나와 당신에게 가장 중요한 건 무엇인가? 우리는 무엇을 위해 노래하고, 무엇을 위해, 누구와 끝없이 투쟁하고 있는 걸까?

끝없이, 그리고 쉼 없이 불완전한 삶을 살고 있던 내게 위안이 되어준 노래가 있다. 내게 힙합음악의 매력을 처음 알게 해준 투팍의 〈Thugz Mansion〉이다. 그 곡을 몇 년 만에 다시 꺼내 들었다. 시대와 상황, 언어와 피부색은 다를 테지만, 당시에 그의 음악을 들으면서 느꼈던 감정들이 지금의 내 감정과 오롯이 겹쳐졌다. 이 곡을 들으며 나는 다시 내 방식대로의 삶을 기록해야겠다고 생각했다. 4년 4개월 동안의 혼란스러운 삶과 생각들을 담아낸 정규 4집 앨범의 작업을 모두 마친 뒤였지만 나는 다시 한 번 가사를 써내려가기 시작했다. 아직 못다한 이야기들이 가슴 안에 한가득 있었기에.

38

두 영광의
리스펙트

　내 음악 인생에서 가장 충격적인 순간 중 하나는 트위스타의
랩을 처음 들었을 때였다. 당연히 그의 음악을 예전부터 알고는
있었지만 랩을 시작한 초기엔 일부러 듣지 않았다. 당시엔 흔치
않았던 속사포 랩을 해서인지 고등학교 때부터 다른 래퍼들은
항상 나에게 "트위스타 좋아하냐?"라는 질문을 많이 했다. 그래
서 일부러 더 듣지 않았다. 랩을 처음 시작해서 아무것도 모르
고 그저 내가 최고인 양 우쭐대던 내게 롤모델 따위는 필요 없
었다. 나만의 랩을 하면 된다고 생각했지, 누구의 영향도 받고
싶지 않았다.

20대 초반 본격적으로 랩을 하면서 속사포 랩의 한계를 느꼈다. 분명 감성과 기술만으로 해결이 안 되는 무언가가 있었다. 내 랩에 반전의 계기가 필요함을 스스로 느끼고 있었다. 마침 그때 트위스타가 전성기를 맞았다. 카니예 웨스트, 루다크리스, 티아이, 알 켈리 등의 슈퍼스타들과 작업한 그의 앨범 〈Kamikaze〉는 미국 빌보드 차트 1위를 찍을 정도로 엄청난 사랑을 받았다.

더 이상 그의 음악을 듣지 않을 수가 없었다. 그제야 난 트위스타의 랩을 찾아 듣게 됐고, 그 자리에서 엄청난 충격을 받았다.

'이렇게 랩을 할 수도 있구나. 속사포 랩을 이런 식으로도 풀어나갈 수 있구나. 내가 알고 있고 하고 있던 속사포 랩은 그에 비하면 너무도 미흡하고 부족한 것이었구나.'

그 순간부터 나는 트위스타를 말 그대로 리스펙트했다. 트위스타의 음악이 간절히 변화를 갈망하던 그 시절의 나를 성장시키고 발전시켜준 계기가 되었다. 그 후 나는 줄곧 한길만을 걸었고, 한국에서 이 영역을 대표하는 아티스트가 되었다.

극도의 슬럼프에 빠져 그 속에서 헤어나오지 못하고 있던 어느 날 문득 트위스타가 다시 떠올랐다. 그 순간 그와 내 삶이 교차됐다. 선생님을 짝사랑한 초등학생처럼, 그래서 나중에 커서 꼭 선생님과 결혼할 거라고 큰소리치는 어린아이처럼, 나 역시 내 랩의 목표이자 우상이기도 한 그와의 작업을 꿈꾸게 되었다. 뭔가에 홀린 듯 나는 무턱대고 물어물어 지구 반대편에 있는 그에게 리스펙트를 표하며 작업을 제안했다. 사실 정신을 차리고 난 뒤엔 별 기대를 하진 않았다. 그저 나의 리스펙트를 그에게 전했다는 것만으로도 큰 의미가 있다고 생각했다.

힙합은 미국에서 시작된 문화고, 지구 반대편에 있는 한국이라는 나라의 래퍼가 보낸 편지에 답을 할 거라는 생각은 하지 않았다. 그런데 바로 연락이 왔다. 그는 아웃사이더를 알고 있었고, 아웃사이더가 한국에서 가장 빠른 랩을 한다는 것도 알고 있었다. 내 음악을 들어본 적이 있었고, 그래서 작업도 함께 해보면 굉장히 흥미로울 것이라고 말해주었다. 그래서 거짓말처럼 트위스타와의 작업이 성사가 됐다.

하지만 바로 본격적인 작업에 들어가지는 못했다. 나는 여전히 슬럼프에 허덕이고 있었고, 육체적으로나 정신적으로나 내 안의 무언가를 끄집어낼 수 있는 상황이 아니었다. 엄청난 작업이 성사됐지만, 더 이상 작업을 진행시키지 못했다. 6개월이 그냥 흘러갔다.

'꿈에 그리던 트위스타와 작업할 수 있는 엄청난 순간이 왔는데 내가 왜 이렇게 무기력한 거지? 슬럼프가 뭐라고 이렇게 가만히 시간만 낭비하고 있는 거지? 꿈에서나 있을 것 같은 환상적인 일이 내게 일어났는데, 왜 난 지금 이 순간을 온전히 즐기지 못하는 거지?'

10년 전 어느 날, 그의 음악을 처음 들으며 한 단계 더 성장할 수 있었던 지난 시간들이 다시 떠올랐다. 그날 새벽 3시, 비로소 가사가 써지기 시작했다. 언어가 달라서 내 랩을, 내 말을 알아들을 수는 없겠지만, 그러면 내가 어떤 말을 하건 알아줄 것만 같았다. 그에게 전하는 메시지를 써내려갔다. 나는 이 작업이 명예 혹은 흥행보다도 훨씬 더 크고 중요한 '역사적인 유산을 남기는 작업'이라고 생각했다. 단순히 지구상에서 가장 빠른 랩을 하는 두 래퍼가 속도로 우열을 가리는 경쟁으로 보이고 싶지는 않았다.

만약 이 작업이 그런 이미지로만 인식된다면 다시는 오기 힘든 가장 중요한 기회를 스스로가 망치는 거나 다름없다고 생각했다. 평생에 한 번 겨우 성사될 수 있는 트위스타와의 협업이었기에 조금의 후회도 남기고 싶지 않았다. 그는 내게 단순히 유명한 해외 아티스트가 아니라, 나와 같은 영역, 나보다 먼저 그 시간의 영역 속에서 살아온 유일한 사람이었다.

그의 랩이 녹음된 사운드 클라우드 주소가 내게 도착한 날 나는 그의 랩을 들으며 혼자서 환호했다. 그날은 내 음악 인생에서 가장 뜻깊은 날 중 하루로 남았다. 트위스타의 랩이 녹음된 파일엔 이런 제목이 쓰여 있었다. 'Outsider & Twista, Star Warz'.

내가 보낸 비트 위에 트위스타가 랩을 하고 있다니. 그는 여전히 전성기를 떠올리게 하는 속도와 기술 그리고 그 이상의 감동으로 내게 자신의 메시지를 보내왔다. 무턱대고 시작했던 내 제안이 실제로 무언가를 이루어내고 있었다. 내 랩을 듣고 트위스타가 랩을 보냈고, 트위스타의 랩을 듣고 다시 내가 랩을 보냈다. 그리고 마지막을 트위스타가 마무리했다. 이렇게 우리는 오로지 음악 안에서 대화를 나누며 노래를 완성했다.

서로의 랩에 대한 리스펙트의 크기와 속사포 랩에 자부심을 느낄 수 있는 작업이었고, 극심한 슬럼프로 인해 두 번 다시 랩을 내뱉을 수 없을 것만 같았던 나를 일으켜 세워준 시간이었다. 우리만이 알아들을 수 있는 속도와 박자에서의 아슬아슬한 긴장감은 오랜만에 뜨거운 아드레날린을 분비시켜주었고, 그렇게 1년 6개월간의 슬럼프는 마침표를 찍었다. 10년 전 그날처럼 나를 다시 일으켜준 트위스타의 랩과 음악. 그와의 만남은 시대와 언어, 피부색과 환경을 넘어 음악이라는 것이 얼마나 위대한 것인지를, 또한 긴 시간 동안 오로지 한길만을 걸어가는 일이 얼마나 특별하고 값진 것인지를 다시 한 번 깨닫게 해주었다.

트위스타에게서 녹음된 랩이 온 지 두 시간 후, 그러니까 들뜬 마음이 채 진정도 되기 전, 또 하나의 감격스러운 메일이 도착했다. 이은미 선배님에게서 온 메일이었다. 함께 작업해보고 싶다는 내 마음을 선배님이 받아주신 것이다.

선배님은 외부 피처링 작업을 안 하시는 분으로 유명했다. 내가 알기로도 올해로 데뷔 26년을 맞이하는 동안 피처링을 딱 한 번밖에 하지 않으셨다. 그만큼 음악적 자존심과 방향성이 확고

한 뮤지션이었다. 그렇기에 더더욱 선배님과 함께 노래하고 싶었고, 함께해야만 했다. 어릴 적부터 내게 힘이 되어준 선배님의 목소리와 음악을 가까이서 만나보고 싶었다. 그리고 듣고 싶었다. 더 이상 창작을 하기 힘든 상처와 아픔의 시간들, 그리고 그로 인한 침묵과 단절의 시간에 선배님의 음성이 어떠한 위안이 되어줄 것을 나는 알고 있었다.

그런 마음을 꼭 전하고 싶었다. 누군가를 거쳐서 전달되거나, 짧고 형식적인 전화 통화로는 내 진심을 전할 수 없었다. 그래서 펜을 잡았다. 있는 그대로, 솔직하게. 유치하고, 우스워 보이고, 불쌍해 보여도 상관없었다. 그저 지금 느끼고 있는 그대로의 생각과 감정을 써내려갔다. 마치 가사를 쓰듯 선배님께 내 이야기를 꺼내놓았다.

"사실은 나에게도 위로가 필요한데."

선배님께 보낸 편지의 내용 중에 이런 문장이 있다. 결국 편지의 내용이 가사가 됐고, 가사에 담고 싶었던 마음을 편지에 담았다. 누군가의 위로가 절실했던 시점이었고, 선배님께서 이 노래로 나를 위로해주셨으면 하는 마음이 너무 컸기에 편지 한 장으로는 모자랐다.

타인의 상처를 치료해주고 싶었다는 나의 오만했던 생각을 선배님께 고백했다. 이제는 다시 초심으로 돌아가 내 상처와 아픔을 꺼내놓고, 함께하기에 덜 아프고 덜 외로운 음악을 하고 싶

사실 언젠가는 단식쇼가 다시 인기를
누릴 때가 올 거라는 것은 확실했지만,
살아 있는 사람들에게 그건 아무런 위안이 되지 않았다.
그럼 이제 단식 광대는 어떻게 해야 한단 말인가?
수많은 관중들에 둘러싸여 환호를 받았던 그는
조그만 대목장의 가설극장 무대에도 나설 수 없었다.

프란츠 카프카, 〈단식광대〉

다는 마음을 털어놨다. 내가 병들어 있는 상황에서 어떻게 다른 누군가의 상처를 위로해줄 수 있겠는가. 그래서 이 시기를 먼저 거쳐가며 스스로를 치유하고, 더 많은 사람들의 마음에 따스한 위로가 되어주고 계신 선배님의 음성이 절실하다는 마음을 솔직히 편지에 담았다. 그리고 선배님이 웃음을 터뜨리길 바라며 "외톨이의 애인이 되어주세요"라고 썼다.

이런 간절함이 전해졌던 것일까. 마침내 함께 작업을 하시겠다는 연락이 왔다. 트위스타의 랩이 도착한 지 불과 두 시간만의 일이었다. 다행히 선배님께선 내가 가지고 있는 음악적 이미지나 색깔이 본인이 원하는 방향과 잘 맞아떨어진다고 생각하신 것 같았다. 내가 얼마나 감격스러워했는지 모른다. 함께 작업을 하시겠다는 선배님의 답변만으로 꽁꽁 얼어붙어 있던 마음이 거의 다 녹아내렸다.

이은미 선배님과 함께하는 음악만큼은 다른 트랙들보다 힘을 빼고 만들어야겠다고 생각했다. 부담이 없다면 거짓말이었겠지만, 그만큼 힘을 빼고 만들어야 할 것 같았다. 가사도 억지로 쥐어짜서 끄집어내는 작업이 아닌, 흘러나오는 대로 자연스럽게 담아내려고 했다. 정말 힘이 들 때마다 나에게 위안이 되어줬던 바람, 바다, 파도의 일렁임을 이 노래의 테마로 잡았다. 가사를 쓸 때만큼은 그 일렁임에 몰입해서 끝없이 출렁이는 마음을 기록했다. 어떤 감정이 쏟아져 나올지, 무슨 이야기가 터져 나올

지 모르지만, 그저 바람 가는 대로, 파도가 흘러가는 대로 내 마음도 함께 일렁였다.

당신이 부르기에 마음에 안 드는 부분도 있고 불편한 부분이 있을 텐데도, 나와 작곡가의 판단을 존중해주며 당신이 쓰신 가사가 아닌 우리의 감정이 담긴 가사를 소리 내어 불러주셨다. 다 듣어지지 않아 조금은 진부하고 유치하게 느껴졌던 노랫말조차 이은미라는 뮤지션의 울림을 통해 퍼져나가니 전혀 다른 깊이가 전해졌다.

생각해보면 누군가에게 리스펙트를 표현하는 것은 사실 사랑을 고백하는 것만큼이나 떨리고 두려운 일이다. 언제든 내가 거절당할 수 있다는 걸 알기 때문이다. 뿐만 아니라 이런 만남의 경우 실제로 생각했던 것과 달리 서로 실망하게 되는 경우가 있기에 더욱 조심스러울 수밖에 없다. 존경하는 사람과 겨우 작업을 함께할 수 있게 되었는데, 생각했던 방향이 서로 다르다거나 처음 의도했던 느낌이 안 나오면 그야말로 낭패다. 하지만 선배님과의 작업에선 그런 어긋남이 전혀 없었다. 확고한 음악관만큼이나 확실한 선 안에서 후배의 감성을 정성스럽게 보듬어주셨다. 망원동의 한 녹음실에서 선배님의 목소리가 흘러나올 때는 마치 사랑하는 연인이 내 머리를 쓰다듬는 기분까지 느껴졌다.

선배님과 함께 작업하며 느낄 수 있었던 건 음악적인 부분만이 아니었다. 음악과 삶을 대하는 자신의 태도가 얼마나 중요한

지, 그 태도를 바탕으로 자신만의 방식으로 노래하는 삶을 살아가는 것이 얼마나 행복한 것인지 알 수 있었다. 힘을 주지 않아도, 많은 이야기를 하지 않아도 깊은 울림으로 전해지는 당신의 힘, 그렇기에 부담 없이 편안했던 선배님과의 만남. 이 곡을 완성할 수 있었던 가장 큰 힘은 내가 리스펙트를 하는 대상 그 자체에 있었다. 그 크고 넓은 존재만으로도 나를 돌아보게 하고, 내 안의 것을 꺼내놓게 하고, 사그라졌던 열정과 잃어버렸던 삶의 이유를 되살려낼 수 있었다.

트위스타부터 이은미 선배님까지, 나는 리스펙트가 가진 위대한 가치를 온몸으로 실감하고 있었다.

39

당신과
함께했던 그 하루를
사겠습니다

초연한 달빛 아래 각자의 상처를 꺼내놓으며 밤을 지새운 날, 당신께 말했습니다. 저에게 50억이 있다면 해지는 원주의 저녁 노을을 사겠다고.

지금 저에게 50억이 있다면, 당신과 함께한 그 하루를 사겠습니다. 그립습니다. 당신과 함께한 반년을 평생 그리워할 것 같습니다. 당신의 미소가 남기고 간 자리, 그곳에서 오래 머물겠습니다. 하늘에선 더 많이 행복하세요. 오늘, 그리고 또 언젠가. 당신을 그리워하며 노래하겠습니다.

2010년 12월 21일. 스물아홉 살을 며칠 앞둔 겨울, 나는 입대했다. 우연히 같은 날, 같은 훈련소로 입대한 박효신 형님과 춘천 102보충대 앞에서 만났다. 우린 마중 나온 가족과 지인, 그리고 매체들 앞에서 인사를 하고 보충대로 들어갔다. 보충대에서 함께 머문 시간이 계기가 되어 효신 형과 난 사회에 나와서도 종종 연락을 하는 사이가 됐다. 잊지 못할 사건도 있었다. 크리스마스이브에 영내 교회에서 우린 무반주로 공연을 했다. 교회가 미어터질 정도로 가득했던 그날, 우리는 설렘에 목마르고 사랑에 굶주린 수백 명의 군 장병들과 함께 〈눈의 꽃〉과 〈외톨이〉를 떼창했다.

보충대에서 나온 나는 원주 36사단에서 훈련을 받았다. 부끄럽지만 몇 번이고 포기하고 싶은 마음이 들었다. 처음으로 느끼는 절대적 답답함과 막막함 속에서 나는 나의 나이와 직업을 탓했다. 그럼에도 내가 그 시간을 견딜 수 있었던 건 다름 아닌 책임감 때문이었다. 그 시작은 엄하기만 했던 소대장님의 작은 칭찬 하나였다.

"이야, 너 대걸레질 한번 기차게 잘하는구나!"

그 칭찬에 꼬마처럼 기분이 좋아졌다. 그게 뭐라고, 그 한 번의 칭찬이 훈련소 생활에 큰 위안과 힘이 되었다. 그리고 소대장님은 내가 대걸레질을 아주 잘한다는 이유로 내게 소대장 훈련병을 권유하셨다. 그리고 그 후 훈련소의 생활이 완전히 바뀌었다. 나는 전우들과 함께 무조건 견디고 버티고 이겨내야 했다. 그 책임감이 좋았다. 훈련소 동기들과의 5주간의 사투가 더할 나위 없이 소중한 시간이었다. 훈련소에서의 마지막 날 우리는 마치 전역하는 병장처럼 훈련소 계급장을 뜯어냈다. 세상 전부를 가진 듯 행복한 표정으로.

하지만 자대배치 후 진짜 군 생활이 시작되자 훈련소에서 겪은 것과는 차원이 다른 정신적인 혹독함이, 그리고 사람과의 싸움이 시작되었다. 우리는 모두 이 길고 힘든 싸움이 하루라도 빨리 끝나기만을 바랐다. 그때 나는 다른 연예인들과 마찬가지로 국방홍보원으로 차출될 것을 기다렸다. 하지만 나를 뽑은 건 1군 사령부의 군악대장님이었다. 그는 엄청난 자신감과 시원한 성격의 소유자였다. 인상도 무섭고 풍채도 좋았다. 대장님이 아버지 역할을 했다면, 병사들의 신상과 생활을 돌보는 어머니 역할을 한 건 행정보급관님이었다. 행보관님은 작고 마른 체구였지만, 엄청난 체력과 카리스마를 자랑했다. 수도방위사령부에서 오래 근무하셨는데 그곳에서도 무섭고 엄격하기로 악명이 높았다고 했다.

내 군 생활은 힘들지도 쉽지도 않았다. '휴가, 진급, 전역' 이 세 가지 목표로 통일되는 삶이었다. 그 외의 모든 것은 주어진 대로, 정해진 대로 말하고 행동하는 것이었다. 이등병 때의 가장 큰 고민은 마이크를 내려놓는 것이었다. 우리는 일반 야전군이었고, 내 보직은 군악병이지만 훈련과 경계 근무 등은 당연한 우리의 의무였다. 마이크 대신 총과 악기를 잡은 나는 좀처럼 익숙해지지 못했다.

행보관님은 그런 나를 누구보다 엄격하게 대했다. 하지만 동시에 넓은 가슴으로 품어주었다. 행여나 연예인이라는 직업을 가진 늦깎이 병사가 군대에 적응하지 못할까, 다른 병사들과의 문제는 없을까, 늘 보이지 않게 신경을 썼다. 그러면서도 항상 같은 기준으로 나와 부대원들을 이끌었다. 그를 만난 건 군 생활 최고의 행운이었다.

2011년 7월 31일 밤 12시 15분. 아직도 그 시각을 잊지 못한다. 타 부대 행사 지원을 마치고 자대로 돌아온 시각, 부대로 한 통의 전화가 걸려왔다. 행보관님께서 돌아가셨다는 비보였다.

믿기지 않았다. 믿고 싶지 않았던 시간이었다. 행보관님의 시신을 내 손으로 옮기며 마지막 가시는 길을 전우들과 함께 지켰다. 우리는 울고 또 울었다. 다친 부대원을 업고 마지막까지 행군을 마치던 그의 등이 전해주던 온기를 우리는 추억하고 있었다. 나를 지탱해주던 그의 관심과 애정 역시 내 마음속에 그대로 남아 있다. 꽃 피는 봄이 와도 다시 우리 곁에 돌아오실 수는 없겠지만, 원주의 저녁노을이 붉게 드리운 그 언덕 아래에서 그와 나눈 이야기를 꼭 다시 전해드리고 싶다.

극단적인 단절과 상실의 상황 속에서도 내가 다시 일어날 수 있는 원동력이 되어준 당신과 나의 이야기 〈슬피 우는 새〉를 띄워 보낸다. 대한민국 육군 상사 김순일 행보관님. 그립고, 그립고, 그립습니다. 단절되고 고립된 삶에서 내가 나를 잃지 않고 살아가게 해준 당신께 감사드립니다. 당신이 있었기에 이 고통스럽고 흔들리는 시간들조차 행복할 수 있었습니다.

#
40

외로운
내 삶에 감사하다

〈오만과 편견〉은 4년 4개월 만에 세상에 태어난 나의 정규 4
집 앨범이다. 군대, 결혼, 독립, 그리고 소속사와의 법적 분쟁과
디스전, 쇼미더머니 무대까지 지난 4년 4개월의 시간은 나 스스
로가 입을 닫게 만들 수밖에 없었던 혼란스러움 그 자체였다. 그
리고 침묵과 단절의 시간이 길어질수록 내 안의 상처와 트라우
마가 점점 더 깊어지고 있음을 깨달았지만, 알면서도 헤어나올
수 없는 늪에 빠진 것처럼 내 삶은 바닥으로 침잠하고 있었다.

한마디도 뱉을 수 없었고, 가사 한 줄조차 나오지 않았다. 꺼
내놓지 못하니 내 안에 고통과 번민이 가득 찼다. 세상에 들키

지 않기 위해 은폐, 엄폐한 나를 다시 찾아준 건 '이해와 존경과 감사'였다. 먼저 이 단절의 원인을 찾기 위해선 나 자신을 제대로 바라볼 필요가 있었다. 인생에서 가장 큰 변화들을 겪으며 나를 둘러싼 세상과의 어긋남을 확실하게 인식해야만 했다. 서툴렀으나 오만했기에 벌어진 세상과의 괴리감을 줄여나가기 위해 지금 현재 내가 살고 있는 세상과 소통해야 했다. 방송 출연과 공연 무대를 뒤로 하고, 내 이야기를 하고 그들의 이야기를 들을 수 있는 강연 무대를 찾아 나섰다. 전국의 청소년, 청년들을 찾아다니며 나와 그들의 상처와 그 근원이 되는 외로움에 대해 대화를 나눴다. 쉽지 않았지만, 쉬지 않았다. 그랬더니 그들과 나, 세상과 나 사이의 거리에 대해 이해할 수 있게 됐다.

이해를 위해선 인정이 필요했고, 인정을 위해선 나의 상처와 트라우마를 피하기보다 당당히 꺼내놓고 마주해야만 했다. 두 번 다시 꺼내고 싶지 않은 기억이지만 반드시 꺼내야만 했다. 음악이나 글을 통해 변명이나 설명을 하고 싶지는 않다. 내가 추구하는 창작의 방향은 그런 게 아니었다. 상처와 트라우마를 솔직하게 꺼내놓기까지가 너무나도 힘겨웠고, 그게 누군가에게 변명으로 보이는 것은 무엇보다 싫었다. 그래서 지겹도록 쓰고 지우고 버리기를 반복하며 트라우마와 싸웠다. 서투름과 부끄러움, 안타까움과 분노의 과정을 반복하며 내 안의 나를 기록할 수 있게 된 건, 존경하는 대상들의 존재가 내게 준 위안 덕분이었다.

함께하는 모두에게서, 내게 등을 돌린 모두에게서 존경을 배웠다. 디스가 아닌 리스펙트를 통한 성장과 발전, 이것이 내가 음악으로 보여주고자 했던 것임을 깨달았다. 이 앨범에 담긴 모든 음악은 그런 리스펙트가 있었기에 세상에 태어날 수 있었다.

마지막으로 이런 이해와 존경의 과정을 거쳐 진정으로 감사할 줄 알게 됐다. 나의 상처와 나의 허물, 나의 모든 것들을 사랑하게 됐고, 그렇기에 나를 사랑해준, 내가 사랑하는 모두에게 더욱 감사할 줄 알게 됐다. 나는 외로움까지도 사랑할 수밖에 없는 삶을 살았고, 그런 삶조차 감사했다.

이런 깨달음을 얻기까지 가장 중요했던 건, 세상을 대하는 나 자신의 태도와 방식이었다. 더 이상 누군가의 시선에 따라 나 자신을 바꾸지 않기로 했다. 처음 글을 쓰고 음악을 했던 때처럼, 내가 하고 싶은 이야기를 나의 방식으로 하는 것이 내가 진정으로 원하는 삶이다. 뜻한 대로 살아갈 수 없는 고난과 역경으로 가득한 세상이지만, 그 무엇보다 우리들 모두가 각자의 위치와 영역에서 각자의 방식으로 진심어린 행복을 영위할 수 있기를 소원하고 응원한다.

×

천만 명이 살아도
서울은 외롭다

세상의 시선으로부터 자유로워지기를 꿈꾸며 그동안의 혼란스러웠던 제 삶의 흔적들을 있는 그대로 진솔하게 꺼내놓을 수 있게 되기까지 꽤 긴 시간이 흘렀습니다. 결국 지금 이 순간에도 '가진 것도, 남은 것도 외로움 뿐'이라는 말로 에필로그를 정리하고 있는 제 모습이 처음 저의 외로움을 누군가에게 꺼내놓았을 때와 어떻게 달라졌을지 궁금합니다.

천만 명이 살아도 서울은 외롭습니다. 주위를 둘러싼 사람의 숫자는 외로움을 어떤 식으로도 해결하지 못합니다. 이 책의 원고를 쓰는 동안 어느덧 20대에서 30대가 됐고, 군대를 다녀왔으며, 결혼을 했고, 한 회사의 대표가 되었습니다. 나 자신과 나를 둘러싼 주변 상황도 모두 조금씩 변해갔습니다. 관계를 맺는 사람들이 많아질수록 외로움도 커져갔습니다. 제가 그 변화를 인지하고 순순히 받아들일 수 있었던 건 결국 그 외로움이라는 감정을 기꺼이 끌어안았기 때문입니다.

외로움이 길어지고 짙어질수록, 그리고 더 큰 외로움과 마주할수록 이 기록의 마지막 페이지에 글을 적는 날이 언제쯤 올까, 또 그때는 어떤 상황 속에서 어떤 감정을 꺼내놓고 있을까 궁금했습니다. 다행히 이 책을 마무리 짓고 있는 지금의 저는 여전히 외롭고, 그렇기에 자신을 더 잘 이해할 수 있게 되었습니다. 더 이상 아무것도 꺼내놓을 수 없을 거라는 극단적인 두려움에 시달리기도 했고, 세상과의 소통은 불가능한 것이라는 비관론에 빠지기도 했습니다. 하지만 그럴수록 세상과 화해하며 함께 살아가는 기쁨을 되찾기 위해 더 노력했습니다. 그렇게 끊임없이 몸부림치고 발버둥 친 저의 고독한 흔적을 이 책에 고스란히 담았습니다.

하고픈 말이 많아서 언론인을 꿈꾸던 소년은 어느 순간 뜻하지 않은 일을 계기로 다른 길을 걷습니다. 아웃사이더라는 외로운 이름의 래퍼가 된 것입니다. 그는 8년 동안 언더그라운드 무대에서 노래를 부르다 대중의 인기와 사랑을 먹고 살아가는 대중가수가 됩니다. 언더그라운드 래퍼로서의 삶과 방송에 출연하는 대중가수로서의 삶이 공존하다 보니, 그 정체성과 방향성이 늘 혼란스러웠던 것 같습니다. 그 괴리감 속에서 극단적인 우울증을 겪기도 했습니다.

그런 모습이 나 자신과 다른 누군가에게 어떤 영향을 끼쳤는지는 진지하게 생각해보지 못했던 것 같습니다. 그래서 저는 글을 쓰는 동안 지나온 제 삶에 대해 근본적인 성찰을 해야 했습니다. 무엇보다 언제나 제 창작의 시발점이 되어준 외로움을 대하는 저의 태도를 점검해야 했습니다. 외로움을 대하는 태도가 서툴렀기 때문에 서로 상처를 주고받은 게 아닌가 하는 생각까지 들었습니다. 그 상처를 극복하기 위해 저는 힘겨운 시간을 보내야 했습니다. 침묵할 수밖에 없었던 시간 역시 많이 버거웠습니다. 많은 사람을 떠나보내야 했고, 또 남은 사람을 지켜야 했습니다. 그런데 그런 철저히 외로운 시간 속에 살다 보니 예전에는 잘 보이지 않았던 것들이 조금씩 보이기 시작했습니다.

혜민 스님이 제게 이런 말씀을 하셨습니다. "저도 고민 많던 시절이 있었어요. 그때 전 가슴속을 들여다보며 정말 무엇을 하고 싶은 건지 물어봤습니다. 가슴이 하는 얘기를 듣기 위해 귀를 기울였어요. 겨우 깨달았습니다. 나를 소모시키기보다는 깊은 수행을 하고, 이를 통해 얻게 된 깨달음을 많은 사람들과 나누고 싶다는 것을요. 외로움을 가슴으로 껴안은 후에야 제가 진정 원하던 일을 발견한 겁니다."

이제 저도 확실히 알고 있습니다. 외로움을 감추고 겉으로 보이는 것에 얽매이다가는 진정한 나를 잃어버릴 수도 있다는 것을, 그리고 그런 시간이 길어질수록 타인의 시선에 완전히 먹혀버릴 수도 있다는 것을, 내 안의 감정과 마주하기를 계속 피하기만 한다면 결국 사무쳐 죽어버릴 수도 있다는 것을 말입니다.

외로움은 저와 평생을 함께 살아갈 친구였습니다. 이 친구를 여러분에게도 소개하고 싶습니다. 지구가 멸망해도, 아니 새로운 세상이 시작된다고 해도 여전히 외로움은 우리 곁을 맴돌 것입니다. 그러니 더는 피하려 하지 말고 그와 정면으로 마주하고 손을 잡기를 바랍니다. 마음의 여유가 된다면, 아니 가끔 술에 거하게 취해서라도 이 녀석을 한번 꽉 안아주시면 좋겠습니다. 그 누구보다 외로운 녀석이니까.

마지막으로 제게 외로움을 느끼게 해준 세상의 모든 사람들에게 감사드립니다. 우리 사이에 일어났던 그 어떤 원치 않았던 일도 모두 제 몫으로 받아들이겠습니다. 형태와 크기를 알 수 없는 이 감정을 네모난 틀 안에 곱게 가둬주신 웅진지식하우스 관계자 분들과 집필 과정 동안 함께 외로움과 다퉜을 윤성훈 에디터에게도 진심으로 감사드립니다. 당신들과의 인연으로 제 작은 꿈을 이뤘고, 당신들로 인해 제 삶이 더욱 외로워졌습니다.

이 책은 제일 먼저 제 아내에게 선물할 계획입니다. 아내는 누구보다 나의 외로움을 잘 이해해주는, 그래서 나를 앞으로 나아가게 만들어주는 내 생애 최고의 여자입니다. 당신의 깊은 이해와 배려가 있었기에 외로움과 사귈 수 있었습니다. 고마워요, 진심으로.

2015년 4월

신옥철

천만 명이 살아도 서울은 외롭다

초판 1쇄 발행 2015년 4월 21일

지은이 신옥철
발행인 서영택 **본부장** 김장환 **편집인** 김보경 **편집장** 정유민
책임편집 윤성훈 **디자인** [★]규 **교정** 임인선
제작 한동수 류정옥 **마케팅** 이현은 최준혁 이은미

임프린트 웅진지식하우스 **주소** 서울시 종로구 인사동 9길 27 가야빌딩
주문전화 02-3670-1173, 1595 **팩스** 02-3670-5417
문의전화 02-3670-1079(편집) 02-3670-1123(마케팅)

홈페이지 http://www.wjbooks.co.kr
페이스북 http://www.facebook.com/wjbook
트위터 @wjbooks
발행처 (주)웅진씽크빅 출판신고 1980년 3월 29일 제406-2007-00046호

ⓒ 신옥철, 2015
ISBN 978-89-01-20366-9 03810